童貞の僕を挑発する後輩の清純姉と小悪魔妹

伊吹泰郎

目次
contents

童貞の僕を挑発する後輩の清純姉と小悪魔妹

プロローグ

俺たちのエロ行為はまさにクライマックスだった。

さっきまで四つん這いだった怜歌《れいか》も、後ろから俺が貫く勢いによって、うつ伏せみたいな格好になっている。

「あひっ、やっ、やっ、やっ……！　今日もすごいですっ……センパイっ！　おち×ちんがっ、ゴッツゴツッてっ、奥へ当たっちゃうぅっ！」

彼女は胸の先でしこった乳首を、自慰するみたいに床板へ擦りつけていた。逆に引き締まった尻は高く掲げて、チ×コで膣奥を押されるがまま、短い距離を前後させる。

快活さを象徴するみたいなサイドポニーの髪まで派手に振り乱し、悶えっぷりはあたかも痴女のごとしだ。

愛液の音もグチャッグチャャッと大きくて、俺はますます調子づく。

「まだこんなもんじゃないぞっ！　最後はもっと気持ちよくしてやるからなっ！」

言いきって、抉《えぐ》るテンポをまた上げた。

怜歌の喘ぎもいっそう大きくなった。

「だっ、駄目ぇっ！　そんなにされたらっ、あたしだけっ、イッちゃうからぁあっ！」

ピストンと同じリズムで跳ねる悲鳴は、何度聞いても心地いい。壁のほうを向く生意気な顔も、きっと真っ赤に染まっているんだろう。

それに怜歌はセリフと反対に、俺のものをぐしょ濡れの熱々マ×コで締めつづけていた。イキたい、イキたい、身ぶりでそうせがんでいるみたいだ。

このまましゃぶられてたらチ×コが溶けだすんじゃないか？

俺はそんな錯覚さえ抱きつつ、ラストスパートの往復だ。

「俺もイクぞっ！　怜歌といっしょに……イクからなっ！」

腰の速度を限界まで速め、貫通せんばかりの力でチ×コの先を子宮口に叩きつける。

「怜歌……っ！　好きだっ、怜歌っ、怜歌っ……！」

そう吠えることにも、もはや照れはない。

チ×コだって溶けるどころか、逆に硬くなって、射精のスイッチがしっかり入った。

出る、イク、もう保《も》たない。

粘膜同士のじゃれ合いに、俺は暴発寸前だった。

ただし約束したとおり、怜歌のこともきっちり感じさせられる。

彼女の背すじは突っ伏す体勢のままで、引き絞られた弓みたいに妖しくしなる。肩も尻も太腿もガクガク痙攣して、マ×コに至っては危険なぐらい縮こまった。

「ひぁああっ！　やっ、はっ、ぅああっ！　やっ、イクっ……イクぅうっ！　あたしっ、イクぅぅうはぁあぁあぁあぁああっ!?」

そのなりふりかまわない絶叫に聞き惚れながら、俺は鈴口を膣の終点へとことん食い込ませた。

「俺も出るっ！　出すっ！　怜歌の中でっ……イッ、くぅうっ！」

周りの肉襞に亀頭を搾られて、尿道は多量の精液で押し開かれて、俺は最大サイズのチ×コがパンクしそうだ。

ドクン、ドクンッ、ビュクビュクビュクッ！

打ち上げられたスペルマも、脈打つ怜歌の胎内をたっぷり満たしたのであった。

＊＊＊

「……ふぅ」

高倉慎吾《たかくらしんご》は小さく息を吐いて、パソコンのキーボードから指をどけた。

書いていたのは、ヒロインである二宮《にのみや》怜歌と、主人公の「俺」がくんずほぐれつ繰り広げるセックスシーンだ。

当初は怜歌の媚態を、主人公が背後からスマホで撮影する展開も組み込んでおいた。だが推敲の段階で、キャラの気性と合わずに没とした。

削除が多くなれば、間を埋め直す苦労は大きい。反面、当初よりテンポがよくなったという手ごたえもある。

「さて、と……」

肩をほぐしてモニター隅に表示された時計を見てみれば、いつの間にか深夜の一時半近くなっていた。

今日は英語の授業で音読の番が回ってくるはずだし、放課後には図書委員の活動がある。体力が残っていても、徹夜は禁物だ。

（……家族と暮らしてないと、どうしても時間にルーズになるよな）

慎吾の父親は仕事の都合で、近畿地方に長期滞在している。母親も生活能力に乏しい父を助けるため、そちらへ出向いている。

現在、この家に住むのは慎吾だけだった。

慎吾は都内の鳳賢《ほうけん》学園に通う二年生だ。身体つきは大柄ながら、顔の造りは平凡で、気質も根っからのインドア派である。

きっとクラスメイトからは、目立たず人畜無害と思われているだろう。あるいは、何を考えているか不明の取っつきづらい奴か……。

そんな彼にとって、読書こそが昔から一番の趣味だった。読むだけでなく、書くほうも好きだから、去年は文芸部に在籍し、定期的に刊行される部誌へ三本の短編を載せてもらった。

ただ、あとで部誌を読み返したとき、慎吾は青ざめた。創作中は意識しなかったものの、どの物語も青臭い悩みや中二病的な嗜好などを、赤裸々にまき散らしていたのだ。

こんな内容を、身元がバレるかたちでいくつも晒したのか……。

結局、彼は恥ずかしさに耐えきれず、退部届を出した。今では自作を知人に見せることを避けて、匿名で専用サイトへアップするに留《とど》めている。

とはいえネット小説に手を出して以降、エロ系ジャンルで特にテンションを上げやすいとわかってきた。結果的によかったはずだと、自分には言い聞かせている。

もちろん知人にバレたら悶絶ものだろう。しかし隠していれば大丈夫。

むしろ目下の悩みは……、

(なんで読んでくれる人、増えないかなぁ……)

人気の投稿者と比べ、トータルの閲覧数が二桁近く少ないのである。

物を書く人間の常で、慎吾も話の面白さそのものには、けっこうな自信を持っていた。ほとんどの人に存在すら気づいてもらえないなんて、やっぱり悔しい。感想や評価だって書き込んでもらいたい。ぶっちゃけ褒められたい。

(……エロさなら負けてないはずなんだよ、うん)

実のところ、慎吾は女子と性的な何かをした経験などなかった。怜歌と「俺」の行為も、他者の作品を手本に妄想を膨らませているだけだ。

とはいえ、セックスシーンを描く際、彼はいつもペニスがそそり立つ。今だって牡粘膜がこそばゆい。

要するに、他の誰かが読んだって、この話はきっとヌケるはず!

「……うん」

今夜も入浴前に一発か二発射精しておかないと、ゆっくり寝られそうにない。

慎吾は椅子から立ち上がり、オカズを探すために本棚の前へ移動したのだった。

第一章　朗読された官能小説

――九月中間に入っても、陽《ひ》が高いうちはまだ暑い。夏後半といっても過言ではない。

慎吾は机に向かいながら、何度も胸元を摑《つか》んで、ワイシャツの内側にパタパタと空気を送り込んでいた。

いちおう天井では冷房が動いている。しかし設定温度は二十八度までと決められており、快適とはほど遠い。

今は放課後で、場所は校内の空き教室だ。慎吾は図書委員の活動の一環として、会報作りをやっていた。

もっとも担当する箇所はほぼでき上がっている。だからひとまず手を休め、ついでに軽く伸びをした。

「あ、高倉先輩は終わりですか？」

正面にいたもう一人の図書委員――水本恵里菜《みずもとえりな》が顔を上げた。

恵里菜は一年生の女子で、主にファンタジー小説が好きらしい。

身長がやや低いうえに手足も細く、まだ中学生みたいに見えるときが多かった。

一方で眼鏡の奥の瞳には聡明な光を宿し、性格も大人びている。

顔立ちは愛らしくて、図書委員の中でトップクラスの美少女だろう。爽やかなショートボブの髪型も、清楚な雰囲気と合っていた。

恵里菜が手がけるのは、図書室で本を紹介するためのポップだ。

彼女の案内文は一つひとつ丁寧で、しかも親しみやすい。

「俺はあと一息だな。水本さんも休憩を入れたらいいよ。会報が片付き次第、俺も手伝う」

この気遣いに恵里菜は小さく笑い、眼鏡の茶色いフレームをクイッと正した。

「じゃあ、私もちょっとだけ……」

続く仕草は無防備で、慎吾と同じく腕を頭上へやりながら、後ろへ大きく背すじを反らす。目を閉じて、「ううーんっ」と心地よさげに喉まで鳴らしていた。

だが、そんな姿勢を取ったら、胸元が目立ってしまう。彼女が着ているのは、学校指定の夏服で、上が白いブラウス、下がチェック模様のスカートなのだ。

スレンダーな身体つきのなか、恵里菜はバストだって薄かった。それでもブラウスの裏にブラジャーが押しつけられれば、ほのかな丸みが盛り上がる。汗のせいでカップまで透けかねない。

慎吾はさりげなく目をあらぬほうへ逸らした。

(しっかり者かと思えば、急にドキッとさせてくるんだからな……)

恵里菜がこれだけリラックスするのも、きっと自分を信頼しているためだろう。断じて邪《よこしま》な気持ちで見てはいけない。

(……そう。水本さんは後輩として懐《なつ》いているだけなんだよ)

自分みたいに平凡な男子は、煌《きら》びやかなロマンスなんて縁遠い。変な勘違いで舞い上がって、彼女から距離を取られたら格好悪い。

一方的な落ち着かなさを紛らわしたくて、彼は作成済みのポップを指さした。

「そういや、このシリーズはまだ手を出してないな。水本さんのお勧めなら、読んでみようか」

とたんに恵里菜が腕を下げて、ググッと身を乗り出してくる。

「はいっ、その本なら特にお勧めですっ！　主人公の少年が魔法学園で成長して、仲間と共に陰謀へ立ち向かう王道の内容ですけど、一巻目からどんどん引き込まれるんです。ちゃんと完結して、一気読みできるのもポイントですねっ」

本の話題になると、彼女の笑顔はますます眩しくなる。

「そっか、今度読んでみるよ」

「図書室で貸し出し中になっていたら、私に言ってください。全巻お貸しできますからっ！」

そう言いきったあと、恵里菜の上体は「あ……」と、はにかみ混じりに引っ込められた。

「また一人で暴走しちゃいました。ほんと、注意しないと駄目ですね。気になる本があれば、試験前でも読みふけっちゃいますし……」

「水本さんのそういうノリ、すごく図書委員向きじゃないか。けど、テストの心配は気が早いだろ？」

次の定期試験まで、まだ三週間以上ある。しかし、恵里菜は首を横に振った。

「今年から学園祭用の部誌もありますから……ペース配分が大事なんです」

「部誌だって？」

「私、文芸部に入っているんです」

「へ、へぇえ……？」

黒歴史をほじくり返す単語に、慎吾は相槌《あいづち》が上ずった。

逆に恵里菜の声色はいっそう弾む。

「部誌については、ぜひ高倉先輩の助言をいただきたかったんです。先輩、去年の部誌に、私小説的な短編を載せていましたよねっ？」

「……あれを、読んだのか……？」

一瞬、慎吾は絶望的な気持ちに囚われた。

「はいっ、読みましたっ。私、去年は学校見学を兼ねて、妹とここの学園祭を覗いたんです。それで真っ先に文芸部に行って、出ていた部誌を全部買って……先輩の話、どれも素敵だと思います。あとから冬に書かれたものも、入部してから読みましたっ」

「そ、そうか……うん……」

慎吾は目をしばたたかせながら、情緒をめちゃくちゃにかき回された。

いくら高評価でも、あの小説群では喜べない。いや、書いたものを褒められるなら、どの話であれ嬉しい。

そうじゃない、そうじゃない。恵里菜には今すぐすべて忘れてもらいたい。待て、自然に口元がにやけそうだ。

いくつもの相反する想いが入り組んで、自分がどんな素ぶりになっているかすら、慎吾はよくわからなかった。

アドバイスとして言ってやれるのも、「内面を投影しすぎると後悔するぞ」ぐらいだ。しかし、これでは恵里菜のやる気に水を差す。

「……部誌については、現役の先輩たちに聞いたほうがいいんじゃないか？　試験勉強なら、俺は手伝えるかもしれないけどさ」

ひとまず平静を装い、慎吾は問題を棚上げした。

次の瞬間、宝石みたいな恵里菜の瞳が丸くなる。

「本当ですかっ？　あ、いえ、その……勉強を見てくれるって……っ」

「まあ……俺も立派なことを言える成績じゃないけどさ。一年生の勉強なら、多少は口出しできるよ」

過剰ともいえる後輩の反応に驚きつつ、慎吾は頷いて見せた。

すると恵里菜は声を大きくしかけてから、急に探るような語調となる。

「じゃあっ、あのっ……！　私のうちへ来ていただいてもいいでしょうか？　できれば、い……妹もいっしょに見てくださいっ」

「妹さんまで？」

突然、自宅に招待だ。恵里菜も強引なのは自覚しているらしく、端正な顔を伏せかけた。

「妹は私と年子で、やっぱりここの……鳳賢の一年生なんです。でも、最近は成績が下がり気味なのに、私が何を言っても聞いてくれなくて……。あの子も読書が好きだから、本に詳しい年上の人が時間を割いてくれたら、逃げたりしないって思うんです」

「……なるほどな」

慎吾はいろいろ合点《がてん》がいった。

恵里菜が四月八日生まれなのは、親しくなりはじめた頃に教えてもらっている。妹が翌年の三月までに生まれたなら、姉妹で同学年ということもありえるだろう。

「俺は部に入ってないし、いつでも都合をつけられると思う。予定は水本さんに任せるよ」

「では……っ」

すかさず恵里菜が目線を上げた。そこには本を勧めてきたときと似た輝きがある。

「次の土曜にお願いしますっ。もっと試験が近くなったら、私と妹も自力で頑張って、先輩に迷惑をかけないようにしますからっ」

「了解……で、妹さんはなんて名前なんだ？」

「はいっ、レイカっていいますっ」

「え？」

刹那、引っ込みかけた汗が、またもや慎吾の額に浮いた。

レイカ――。

今書いているエロ小説のヒロインと同じ名だ。

もっとも、恵里菜は慎吾の変化に気づくことなく、手近な紙にペンを走らせた。

「こういう字なんです」

細い指で差し出してきたのを見れば、漢字がまるで違う。

恵里菜の妹のフルネームは、水本麗佳《れいか》というそうだ。


次の土曜日、慎吾は約束した午後一時より若干早く、恵里菜を訪ねた。

今日も気温がけっこう高い。水本家があるのは、徒歩で行けるほど近くのマンションなのに、移動しながら汗が出る。

何度か額の汗を拭いながら着いてみれば、建物のセキュリティは厳重だった。

まず表の端末で部屋番号を呼び出して、リモートでエントランスのロックを外してもらう。さらにエレベータで上がってドア前まで来たら、脇のインターホンのボタンを押す。

これでようやく、ドアを開けた恵里菜と対面だ。

「いらっしゃいませ、高倉先輩。今日はありがとうございますっ」

お辞儀する彼女の装いは、半袖の白ブラウスに水色のスカートだった。ブラウスの袖口はフリルめいた形だし、襟元などに施された刺繍《ししゅう》が愛らしい。

眼鏡も学校でかけているものと違い、おしゃれな赤フレームになっていた。

「こんにちは。……お互い、私服で会うのは初めてだよな」

この程度の感想ならセクハラにならないはず……と内心で確認しつつ、慎吾は言ってみる。

恵里菜もクスッと笑い返した。

「なんだか新鮮ですね」

とはいえ、慎吾の出で立ちは「新鮮」というより「野暮《やぼ》ったい」だろう。

なにせ着慣れたTシャツと薄いジャケット、地味なジーンズの組み合わせである。

背中には参考書や筆記具の入ったバッグを背負い、手にはプリンの白い箱を携えていた。

彼だって、服装に関してはけっこう考えたのだ。しかし最終的に、気合いを入れすぎてもおかしいと結論づけた。

ただ……これではラフすぎたかもしれない。

「……勉強の合間に食べようと思って、近くの店で買ってきたんだ」

慎吾はプリンの箱を差し出した。

次の瞬間、恵里菜の動きが止まる。少し戸惑った様子だ。

(水本さん、甘いものは苦手だったか……？)

思えば、この後輩の食べ物の好みを、慎吾はまだよく知らない。

もっとも、恵里菜はすぐに笑みを浮かべ直して、箱を受け取った。

「先輩、すみません。私たちのわがままで来てもらったのに……」

「何か励みになるものがあったほうがいいと思ってさ」

慎吾もホッとして、微妙な変化には気づかないふりをした。

あとは促《うなが》されるまま玄関へ入る。靴を脱ぎ、廊下を通って、ドアの前まで案内される。

「ここが妹の部屋です。散らかってますけれど……気にしないであげてください」

恵里菜の口ぶりは、まるで保護者だ。妹と年子で同学年なら、実質同じ歳と言っていいぐらいだろうに……と、慎吾は苦笑してしまう。

とたんに恵里菜が首を傾《かし》げた。

「どうしたんですか、先輩」

「いや、悪い。水本さんは家でもしっかりしてると思ったんだ」

「そ、そうでしょうか？」

不思議そうに眉を寄せる恵里菜だが、その実、まんざらでもなさそうだった。

「うちって両親が仕事の関係で北海道にいるんです。だからいつの間にか、私が妹の親代わりみたいになっちゃって。晩ご飯作りだって、週に五回は私が当番なんですよ」

「じゃあ、忙しいだろ。なんとなくわかるよ。こっちも親が仕事で近畿住まいだから」

「あ、先輩もなんですねっ。って……いけません。ここで立ち話をしていたら、レイに笑われちゃいます」

レイというのが、姉妹間での呼び方なのだろう。

恵里菜はドアへ向き直り、軽くノックした。

「準備できた？　高倉先輩、来てくれたよ？」

するとすぐに室内から、舌足らずな返事がある。

「大丈夫、ちゃんとできてるよー」

「……っ」

声を聞くなり、慎吾は身構えてしまった。麗佳と怜歌——珍しい響きの名ではないし、他の共通点などないはずだ。それでも対面となると、胸がざわめく。

「先輩、よろしくお願いします」

恵里菜はもう一度、律儀《りちぎ》にお辞儀してから、ドアを開けた。

すると真っ先に、カーテンやカーペットの淡いピンク色が目に入る。

次いで、大量の文庫本も見て取れた。壁際の棚に隙間なくビッシリ収まっているのはもちろん、床には大きな半透明のケースまで積み上がり、三つの塔のようになっている。

どうやら部屋の主は、電子書籍より紙の本が好きらしい。

そして中央に置かれたローテーブルの前に、胡坐《あぐら》を崩したみたいな姿勢で、実体化した「二宮怜歌」が座っていた。

そんな馬鹿な——慎吾は部屋の前で立ち竦《すく》んでしまう。

サイドポニーの黒髪や、身体のラインが出る薄緑色のシャツ、果ては生意気そうな笑い方まで、待ち構えていた少女はあらゆる点が怜歌のイメージそっくりだった。

その少女が跳ねるように立ち上がり、気安く挨拶してくる。

「どうもどうも、あたしが麗佳です。お噂はかねがね……てのは、堅苦しすぎですかね。これからはあたしもセンパイって呼ばせてもらいます。いいですよね？」

「か……かまわないよ、うん」

慎吾はなんとか頷《うなず》いた。

——もちろん、少女は怜歌などではない。血が通う生身の人間、水本麗佳だ。

その顔立ちは少々幼いものの、端の上がった目付きなどが、いかにもギャルっぽかった。と同時に、アイドルといっても通用しそうに整っている。

穿《は》いているのは丈の短いデニム地のショートパンツで、艶やかな生足は屋内にいても、肌のきめ細かさが目に眩しい。

「先輩……どうかしたんですか？」

恵里菜から怪訝《けげん》そうに呼ばれて、麗佳をマジマジ見ている自分に、慎吾は気づいた。

「いや、なんでもないよ」

彼がごまかす間に、麗佳はテーブルの脇を通って、傍まで寄ってきている。

胸のサイズは、明らかに姉より上だった。巨乳というほどではないが、姉妹で同じぐらいの背丈のため、違いが目立ってしまうのだ。

「へぇ、センパイもおやつを持ってきてくれたんですか」

「え、俺も？」

「今日はリナも、気合いを入れてクッキー焼いてたんですよ。あたし、食べても太らない体質だし、お菓子はいくらでもいけちゃいますっ。休憩時間はカロリー祭りですね！」

「レイ、よけいなことは言わなくていいからっ」

恵里菜が慌てたように声をあげる。

それで慎吾にも、玄関で見た恵里菜の態度の理由がわかった。「リナ」というニックネームも判明した。

と、棒立ちの彼の右手を、麗佳が気安く握ってきた。

「早く座ってくださいよ、セーンパイっ。勉強、教えてくれるんですよね？」

「お、おう」

意味ありげに見上げてくる彼女の手は、驚くほど小さい。肌もひんやり心地よく、対照的に慎吾は顔が熱くなる。

麗佳みたいなタイプは、今まで周りにいなかった。

適度な距離感を摑むまでに、なかなか苦労させられそうだった。


「センパイ、ここ、教えてほしいです。ほら、こーこっ」

勉強が始まると、麗佳はいっそう馴れなれしくなった。

タメ口めいた猫なで声と共に、しなやかな肢体を擦り寄せてくるのだ。

おかげで剝き出しの細腕は何度も慎吾にぶつかり、ときにはテーブルの陰で腿まで接触した。

さすがに露骨すぎる。慎吾も途中で、からかわれているのだと見当がつく。

(無理やり勉強させられてる当てつけ……なのか?)

それが一番ありえるだろう。休みを潰されての勉強会なんて、麗佳は不本意だったに違いない。

ともあれ触れられるたびに焦っていたら、先輩としての沽券《こけん》にかかわる。

「うん、ああ……この公式は」

慎吾は無理やり重々しい表情を作った。

ただ、同席する恵里菜が、妹の急接近を見逃さない。

「レイ、ちょっとくっつきすぎだよ。高倉先輩に失礼でしょ」

彼女は形のいい唇を尖らせる。しかし麗佳は離れるどころか、ますます慎吾へしなだれかかった。

「しょうがないじゃん。並んでテキスト見てたら、こうなっちゃうってば」

「レイっ」

「いいからいいから、気にしなーい」

この態度だと、強引に勉強会をセッティングした恵里菜も、挑発の対象に含まれている可能性が高い。

「……そろそろ休みを挟もうか？」

できるだけ普通の調子で、慎吾は言ってみた。糖分を補給すれば、麗佳の機嫌も少しはよくなるのではなかろうか。

すると、当の麗佳が諸手《もろて》を挙げる。

「賛成っ。あたし、疲れちゃいましたよー」

慎吾はこっそり安堵の息を吐く。せっかくなので、少々欲も出してみた。

「水本さんさえよければ、プリンじゃなくてクッキーをご馳走になりたいんだけど……どうだろうな？」

　とたんに、麗佳からわざとらしく睨まれる。

「センパーイ、あたしの前で堂々とリナを口説こうとしてますー？」

「違うって。水本さんが勉強会のために作ったクッキーなんだろ。そっちを食べたいに決まってるじゃないか」

　言いきったあと、慎吾は食い意地が出すぎたと反省する。

　しかし、恵里菜も気を遣われているわけではないと、わかってくれたらしい。

「……ええと、はい。先輩のお口に合えばいいんですけれど……」

　モジモジしながら、彼女が立ち上がりかけた。

　そのときだ。ローテーブルの上でいきなり、軽快なメロディが鳴り響いた。

「な、なんだ？」

「私への電話です。この曲が鳴るときは、ユキっていう友だちからで……っ」

　恵里菜は説明しながら、すばやくスマホを手に取る。さらに「ちょっと席を外しますね」と小声で告げて、部屋から出ていった。

「あー残念……リナのお手製クッキー、食べそこなっちゃったかもですよ？」

　いきなり、至近距離から麗佳が囁《ささや》きかけてくる。

甘い吐息に耳たぶを撫でられて、慎吾は反射的に飛びのいた。

「ど、どういう意味だ？」

「さあ？　どういう意味でしょうねぇ……んふふっ」

麗佳はクスクス笑う。

電話の内容を前もって知っているかのような――思わせぶりな態度だった。


数分後、恵里菜は玄関口で、恐縮しきりとなっていた。

「すみませんっ、先輩っ。ユキってば、いつも強引に呼び出すんです。本当はのろけたいだけなのに……」

「でも、友だちが助けを求めてるんだろ？　だったらそっちを優先だよ」

繰り返し頭を下げる後輩に、慎吾は言ってやる。

恵里菜の友人――ユキはついさっき、彼氏と大喧嘩したらしい。電話をかけてきたのも、恵里菜に慰めてほしいからだそうだ。

「ほらほら、早く行ってあげなくちゃ！」

慎吾の隣で、麗佳もヒラヒラと手を振る。

「まあ、リナが恋バナでアドバイスする場合は、人間模様ドロドロのレディコミみたいな内容になっちゃうけどね？」

「先輩の前でそういう嘘はやめて。とにかく、レイも先輩に迷惑をかけちゃ駄目だよっ？」

恵里菜は何度も妹に釘を刺してから、足早に出かけていった。

「いってらー」

閉ざされたドアに向かって、麗佳が軽く言う。それから子猫みたいな顔つきで、慎吾を見上げてきた。

「さ、休憩の続きをしましょーかっ。でも、クッキーはやっぱりお預けですね。リナだって、リアルタイムで感想を聞きたいでしょーしっ」

「ん……そうだな……」

慎吾は頷きながら、急激に気まずさが増した。

内面の読めない美少女と、密室で二人きりだ。明らかに心臓へよろしくない。

(だいたい、初対面の男と残されるとか、女子のほうこそ不安になるもんじゃないか？)

麗佳の部屋へ戻る途中、慎吾はチラッと横目で彼女を窺《うかが》ってみる。

だが、身長差のせいで、黒髪豊かな頭頂部しか、見て取ることができなかった。

慎吾がさっきまで使っていたクッションに座り直すと、麗佳はスタスタと彼の脇を抜け、学習机の前にある椅子へ腰を下ろした。

「……なんでそっちに座るんだ？」

「んー、まあ、なんとなく？」

彼女は真面目に答えない。そのまま座面を回転させて、身体をローテーブルに向けてくる。今度は彼女が見下ろす側となり、生足も慎吾の顔の高さへ近づいた。

改めて見ても、麗佳の肌は透けるように白く、陶器さながら壊れやすそうだ。それでいて、座面に押し返された太腿がムニッとたわみ、若い張りも強調される。

「センパイ、休憩中は趣味の読書とかしていいですよね？」

強引に話題を変えられて、慎吾も慌てて返事を探した。

「あ……ああ、いいんじゃないか。けど、目と頭が休まらないだろ？」

「そんなことないですよ。面白い小説を見つけたんで、あたしが読み上げるのを聞いてください」

「そうか……？」

彼女は何か企《たくら》んでいるのかもしれない。

だが、生粋《きっすい》の本好きであるのも、恵里菜の話と、文庫の山から確実だ。読書家は気に入った話を人へ勧めがちだし、もしかしたら本当に、時間を潰したいだけかもしれない。

「よし、聞かせてくれよ」

慎吾は居住まいを正す素ぶりで、脚線美から目を逸らした。

すると視界の隅で、麗佳がスマホをタップする。

(あ、読むのは電子書籍か……)

てっきり部屋の本から一冊選ぶと思ったのだが……。

そう思った矢先、いきなり切羽詰まった悲鳴が、麗佳の口からまろび出る。

「やっ、ちょっ……センパイっ、これはシャレにならないですよっ!?」

「いっ!?」

慎吾もギョッとして、再び彼女を見てしまった。

すると、麗佳は目線をスマホに注ぎつづけている。

どうやら今の甲高《かんだか》い声は、朗読の始まりだったらしい。

だが、慎吾は不吉な予感を抱いた。今のセリフ、どこかで聞いたような——。

その答えを見いだせないうちに、続く部分まで読み上げられた。

「俺は怜歌の抗議に耳を貸さなかった。すっかり頭に血が上っていたのだ。だいたい、玩具の手錠まで用意して、俺の拘束姿を撮影しようと企む怜歌のほうが、ずっと悪いに決まってる」

「待て！　待て！　待った！　その話……っ、どうしてそれを知っているんだっ!?」

ようやくわかった。麗佳が読みはじめたのは、慎吾の手による官能小説だ。ちょうど最初の濡れ場の手前、怜歌の悪ふざけに主人公が逆上するシーンで、ここから生意気な態度のすべてが、愛情の裏返しだったと判明するのだが……。

呼ばれた麗佳は音読を中断し、意地悪い笑みを投げかけてきた。

「あたし、最近は市販の本だけじゃなく、ネット小説にも凝ってるんです」

「だからって……そうだ。俺は身元のバレる描写なんてしてないだろ……っ」

この尋ね方では、作者が自分だと認めたも同然だろう。

しかし麗佳も、慎吾のミスをわざわざ指摘しない。

「まー、鳳賢と無関係の人間ならわかんなかったでしょーね。けど、あたしには文芸部の冊子っていう便利な資料がありましたから」

「おま……や、君まであれを読んだのか……!?」

「はい。それでこのエッチな小説とセンパイの話に、共通点を発見したんです。『〇

○は、あたかも××のごとしだ』って言い回し、なんか古臭くて悪目立ちしてません？」

「……そ、そうか？」

「そこに気づいて見比べてみたら、他のところも文章の癖がすっごく似てました。だからあたし、これは同じ人が書いたんだなーってわかったんです。じゃあ……続きを読みますね。セーンパイっ」

麗佳の呼びかけは処刑の予告さながらだ。

そして、弱みを握られた慎吾にも、選択の余地など残されていなかった。

＊　＊　＊

もはや、怜歌は起き上がることすらできないだろう。両手首を繋《つな》ぐ手錠の鎖が、ベッドのフレームにしっかり巻きついている。

とはいえ、俺も内心では狼狽《うろた》えまくっていた。

悪いのは怜歌——そんな言い訳を自分にしたばかりだが、状況が犯罪じみていることぐらい、頭に血が上っていたって理解できる。

考えてみればこの反撃はやりすぎた。怜歌から手錠とスマホを取り上げるだけでよかったのだ。

しかし今となっては止めるきっかけを掴めない。

「ステイ！　ステイですってば、センパイ！」

彼女は俺を寄せつけまいと、必死に脚をバタつかせている。剝き出しの脚が宙を掻く姿はやけに色っぽくて、目のやり場に困る。

「くそっ、暴れるなよっ！」

ほとんどパニックに陥《おちい》りながら、俺は怜歌の抵抗を押さえようと両腕を広げた。下手に距離を詰めても蹴とばされそうだが、このまま怜歌がもがくのを見ていたって、頭へ血が上るだけ。

だから思いきって飛びついて、のたくる太腿を抱きすくめた。

「うお……！」

襲いかかった側なのに、俺は驚きと似た感情で息が止まりかける。

怜歌の肌は見た目以上に瑞々《みずみず》しく、しかも弾力があった。霧吹きを使ったみたいな汗まで浮いていて、それが手のひらへしっとり吸いついてくるのだ。

「やっ!?」

自由を奪われかけた怜歌も身を竦ませ、かえって抵抗まで途切れさせてしまう。

「せ、センパイっ……こんな変態みたいな真似しちゃ、駄目ですってばぁ……！」

訴えてくる声が泣きだす寸前みたいになっていた。

この数秒で、俺が考えられたことはといえば、ますます状況がヤバくなった、ぐらいだ。

いや、だって、怜歌の脚まで抱《かか》えちまって、どう場を収めればいいんだよ!?

かといって太腿を手離す決心もつけられない。

やがて、怜歌がグスンと鼻を鳴らした。

「ごめんなさい、センパイ……全部謝りますっ……。だからあたしのことを嫌いにならないでっ……き、嫌っちゃ、やだぁ……っ！」

「えっ!?」

俺は虚を突かれた。

「なんで襲われながら、そんな心配をする!?」

「だって、センパイがここまで乱暴するなんて……本気で怒ったから、なんですよね……？」

彼女の弱々しさときたら、親からこっぴどく叱られて、見放されることを本気で怖がる悪ガキみたいだった。

＊　＊　＊

そこまで読んだところで、麗佳はスマホから顔を上げる。

「あーあ……センパイってば、ＳＭが趣味なんですか？　いくら相手に落ち度があるからって、手錠で拘束はないですよ。リナが知ったらなんて言うかなぁ」

遠慮ない嘲弄《ちょうろう》に、慎吾も現実へ引き戻された。

「水本さんには言うなよ……？　つうか、誰にもばらさないでくれ」

小説と違い、現実は彼のほうが圧倒的に弱い立場だ。

しかも屈辱的なことに、慎吾は途中から朗読へ引き込まれ、麗佳を遮《さえぎ》ることすら忘れていた。

股間もローテーブルの陰で密かに勃起して、ズボンが無性にきつい。

彼は背中を丸め、少しでも布地を緩めようとした。でなければ亀頭が痛いし、パンパンに張った状態を後輩に見られそうだ。

あるいは——麗佳もこの膨らみ具合へ、とっくに気づいているのかもしれない。

彼女は再びスマホを弄《いじ》りつつ、鼻歌でも交《まじ》えそうな調子で言ってきた。

「リナなら大丈夫ですよ。足止めしてくれるようにユキに頼みましたから、しばらく帰ってこないはずです」

「じゃあ、あの電話も……」

「はい、あたしの作戦の一部です」

つまり、慎吾は勉強会の開始前から、麗佳の手のひらの上にいたことになる。

「目的は……何なんだ？」

「あたしはただ、センパイと遊びたいだけですって。次は……二宮ちゃんが騎乗位に挑戦する場面にしますね？」

宣言に続き、淫靡な読み上げが再開された。

＊＊＊

「あぁんっ！　センパイっ、気持ちいいですよねっ？　あたしもこうして上に乗るとっ……やんっ、前回より感じちゃうかもですっ！」

裸の怜歌に見下ろされながら、仰向けの俺は呻《うめ》き混じりで頷くしかなかった。

我ながら格好悪い。これじゃ手綱《たづな》をガッチリ握られたようなものだ。

とはいえ、返事をしようと口を開いたタイミングで腰遣いが激しくなれば、大きな喘ぎが出かねない。

極端に狭い怜歌の膣は、俺のモノをギュウギュウと締めてくる。そこへ熱と愛液のヌルつきまで加わって、摩擦は出だしからエラを変形させんばかりに激しかった。

ただ、どんなに感じていても声をあげるのはまずい。

何しろ場所が夜の学校の教室だ。ひとけがまったくないといっても、見回りの教師が通りかかるかもしれない。万一、喘ぎなんて聞きつけられたら退学だってありえる。

「ほらっ、ほらっ……センパイっ……ちゃんと答えてくださいよぉっ！」

怜歌は俺と違って、教師の存在など恐れていないらしかった。むしろ俺を悦ばせるために、ピストンの速度を増していく。

たった一度のセックスで、こいつもすっかり変わってしまった。最初は嫌わないでと、俺へ泣きついてきたのに……。

もしくは小癪《こしゃく》な性格が、エッチのときにまで出てきたってことか？

ともかく、こうなったら俺だけ我慢したって無駄だろう。

やられっぱなしも悔しくて、俺は歯を食いしばりながら両手を持ち上げた。露《あらわ》な怜歌の胸を下からすくい上げた。

トータルで見れば細身なくせに、怜歌はけっこう胸がある。膨らみを鷲摑みすれば、いい具合に指がめり込んで、はち切れんばかりのボリューム感と可愛い声を愉しめた。

「ひゃんっ！　もうっ……せ、センパイっ、手つきがエッチぃですよぉっ！」

よし、もっと聞きたい。鳴かせたい。

俺は教師を警戒するのをやめて、尖った乳首を転がしにかかった。人差し指を怜歌のおっぱいから浮かせ、円を描くように責めてやるのだ。

みっしり硬い乳首の弾力は、あたかも凝縮したゴムのごとしで、俺まで指の腹がくすぐったくなってしまう。

負けず嫌いな怜歌も律動のペースを上げて、俺のチ×コを揉みくちゃにしてきた。

「センパイってばぁっ！　今日はあたしが責める側なんですよぉっ!?」

「お、お、おぅうっ!?」

張り詰めた亀頭は上向きに擦られても、下向きに啜《すす》られても、神経が燃えるように疼く。

ましてカリ首なんて濡れた肉の壁へ引っかかりっぱなしで、際どい喜悦を容赦なく練り込まれた。

俺は指が強張《こわば》って、手の内に収めた乳房をグニッとひしゃげさせてしまう。

「あっ、つっ⁉」

怜歌が痛そうに呻き、積極的だったピストンまで中断だ。

「悪いっ……大丈夫かっ⁉」

慌てて指を緩めれば、怜歌の顔に強気な笑みが戻る。

「大丈夫ですよーだっ。けどっ……仕返しですっ！」

言うや否や、馬乗りの律動が再開された。

グチャッ！　ズチャッ！　ヌチャヌチャッ！

今度はいっそう大胆になり、腰を上げるときは拡がりきった膣口から俺のものを一息に吐き出す。エラまで外へ開放したら、今度は逆の動きで竿を咥え込む。

度重なる抜き差しで愛液に塗れた俺のチ×コは、下品に濡れ光っていた。粘つく水音も大ボリュームだ。

「センパ……センパイぃっ！　あたしのおマ×コっ、すっかり気持ちいいのを覚えちゃいましたぁっ！　こうやっておち×ちんが出入りするとっ、やぁんっ！　ビリビリしちゃううぅっ！」

「そんなに飛ばしてたらっ……すぐにイッちまうぞ！」

俺がたしなめても、怜歌から吐き散らされるのはメスガキじみたセリフだ。

「センパイってばっ、ああんっ！　もぉイッちゃうんですかぁっ！　あ、はぁあっ、恥ずかしいんだぁっ……！　センパイのっ、早漏っ……雑魚ザコおち×ちんっ！」

快感に侵《おか》されながら、よくもこれだけ減らず口が出る。可愛い顔は汗びっしょりで、泣き喚く手前みたいな崩れっぷりなのに……！

いいだろう。だったら俺もとことんやって、反抗的なことなんて言えなくしてやる！

俺は硬い床の上で無理やり尻を波打たせせた。擦れた背中には痛みが走るものの、あえて無視して麗佳を突き上げる。

指の腹だって、美乳へ乳首を食い込ませるくらい荒っぽく使った。

この反撃に怜歌のメッキは、あっさり剝がれ落ちてしまう。

「あやっ！　センパイっ、待っててっ……そんなにされたらっ、あたしっ……！　駄目っ、駄目ぇっ！」

そっちこそ簡単にイキそうじゃないか。よしっ、あとは俺が主導権を握って……。

＊＊＊

「はい、騎乗位編はここまででーすっ」

ふしだらな怜歌の喘ぎは、唐突に麗佳の口調に戻った。

そのギャップに、慎吾も夢の途中で布団を引っぺがされたような気分を味わう。

「あ……っ」

つい名残《なごり》惜しげに唸ってしまった。

きっと、麗佳は描写が盛り上がる寸前を狙って、わざと音読を止めた。

お預けを食わせるのに成功し、さぞや勝ち誇っていることだろう。

だが、そう思いながら見上げると、少女の額にもほんのり汗が浮いていた。淫語を紡いでいた唇は開いたままで、走った直後のように艶めいている。

「ん、ふ……センパイってば、あたしのお芝居へのめり込んじゃってます？」

どうやら自分では気づいていないようだが、彼女は笑う合間に細い肩まで上下させる。

（まさか俺の小説に興奮して……はないよな）

慎吾は冷静な分析に努めた。おそらく叫ぶ箇所が多かったせいで、息継ぎがおざなりになっただけだ。

「……なあ、水本さんもそろそろ戻ってくる頃じゃないか？　休憩は終わりにしたほうがいいって」

「平気ですよ。話が終わり次第、ユキがあたしのスマホに連絡をくれることになってるんです。まあ、ギリギリまで続けてたら、リナが帰ってきたとき、センパイのアレが大きいままかもですけどねっ？」

「えっ……」

やはりテーブル下の醜態は見抜かれていたのだ。

慎吾は背すじを硬くした。

しかし、指摘した麗佳のほうまで、驚いた顔つきとなる。

「え、え？　マジで発情しちゃったんですか？　やだなー、センパイってば露出趣味まであったりします？」

単なるカマ掛けだったらしい。

「君っ……お、お前なぁ！」

さすがに慎吾も、文句を言いたくなった。だが、仮に腰を浮かせれば、怒張の盛り上がりを晒す羽目《はめ》になる。

(まったく……何なんだよっ)

いくら勉強会が気に入らないからといって、こんな恥までかかされるいわれはない。

慎吾が座ったまま睨むと、麗佳もどことなくソワソワしはじめた。

「……うん。まあ、わりとユキもうっかりな子ですし？　肝心のメッセージを送り忘れるかもしんないですね。とゆーわけで、最後にここを読んで締めまーす」

彼女は気を持たせるように深呼吸を挟む。それからおもむろに、別の部分を読みはじめた。

「……あたしは割れ目に添って、縦に指を走らせる。だいぶ濡れてきたおかげでさっきみたいな痛みはなかったけれど、代わりに身震いするほどの痺れが小さな一点を突き抜けた」

後輩がどこを選んだか、慎吾にはすぐわかった。

唯一、主人公が登場せず、怜歌の目線で進む番外編だ。その分、臨場感も凄そうで、慎吾は警戒だけでなく、期待まで半端に抱いてしまった……。

＊＊＊

そろそろ……いいかな。

奥を弄《いじ》る段階になると、毎回あたしは緊張する。

だけど、こんな気持ちは矛盾してるよね……。あたしの大事な場所へは、指よりずっと太いおち×ちんが、もう三度も出入りしているし。

第一、外側をなぞるだけじゃ身体も気持ちも満たされなかった。

「セン……パイ……っ」

あたしは低く呟《つぶや》いて、中指をクッと捻じ曲げた。いやらしいおツユでびしょびしょの小さな穴へ、指の先を潜り込ませた。次の瞬間、今までと比べ物にならない熱さが一度に弾ける。

「ふあっ、ぁああんっ！」

頭のてっぺんまで揺さぶられる衝撃に、あたしはベッドの上で情けなく震えた。

やっぱりっ……外をなぞるだけより断然、気持ちいい……！

センパイのモノが初めて入ってきたときは傷口を拡げられるみたいで、痛みのほうがずっと大きかった。でも最近だと、痺れ方がすっかり変わってる。

あたし……センパイのためにも身体をもっと感じやすく作り変えたい。そのつもりで中指を続けざまに屈伸させた。こうすれば、熱く挟まれながらヌメる感触がすごくエッチで、アソコだけじゃなく指の肌までザワザワする。

あとは姿勢を横向き寝に変えて、枕元のスマホへ目をやった。画面に映し出されているのはセンパイの写真だ。

「あうっ……はンっ、つぅうんっ！　センパイぃ……っ！　あたしのココはっ、センパイのために……くっ、んくふっ！」

あたしは身体を丸めながら気分を高めていく。膣内をかき回す力もセンパイがやるときより強くする。だって自分の身体だもん。どこまで乱暴にして平気か、直感的に判断できるし……！

「は……ひぐうっ！　うっ、くひっ、は、うぅうんっ！」

あたしは圧迫を気持ちいい場所に集中させた。そのまま右手ごと小刻みに震わせれば、刺激が波みたいに切なく揺らぐ。

「はぅうんっ……センパイっ、センパイぃいっ……気持ちいいよぉっ！」

センパイも、生意気なあたしへいっぱい意地悪してください……！　これぐらい乱暴でいいんですよっ！

身体の下にした二の腕を、皺《しわ》になるぐらいシーツに擦りつけながら、あたしはオナニーを続けた。

ううん、今日はもっとすごい疼きが欲しくなる。

だからちょっと迷ったあと、中指に加えて人差し指まで突っ込んだ。

とたんに荒々しい快感で、あたしの喉はみっともなく震えてしまう。

「はぁあうっ、やっ、あぅううんっ！」

あ、やばっ……今の声、親がいる部屋まで届いちゃったかもしれない。

その想像にお腹が縮こまり、あたしは唇を嚙みしめた。だけど悲鳴を飲み込みきれなくて、両目もギュッと硬く閉ざす。

ママ、パパ……ごめんねっ。あたしもうセンパイと大人のエッチまでしちゃったよ！　乱暴にされても感じるイヤらしい子になっちゃった……！

心の中で暴露した直後、変なスリルが湧いてきた。胸が高鳴って、血の流れが速まった。

これ以上はマズいとわかってるのに、あたしは切迫感をとことん味わいたくなる。

そのために網から逃れたがる魚さながら、二本の指を狭い中で暴れさせる。

グチャグチャグチャッ、ヌチュブチュッ！

「はっ、ふっ、あっ！　あンっあっあっ……ひぐっ、んやぁぁふっ！」

駄目っ、駄目なのにっ……！　ほんとに声っ、漏れちゃうっ！

ヌルつくおツユだってたぶん、シーツまでこぼれて染みを広げている最中だ。あんまり濡らしちゃったら、今夜ここで寝られないよぉ……っ。

そんな考えまで浮かんだものの、あたしは指を止められなかった。

ていうか……もっと強烈なのが欲しい！

「はっ、ぁっ、うあぁんっ！　やっ、センパイっ……おち×ちんっ……入れてよぉっ！」

あたしは片方の目だけを開け直し、センパイの写真を見つめた。

でも、おち×ちんと指の違いをいっそう意識してしまう。だって、いくら乱暴にしたって指は指だもん。おち×ちんをねじ込まれる瞬間の悦びなんて絶対に再現できない。

「は、ぁああっ！　早く会いたい……ですっ……センパイぃっ！」

明日の学校が待ち遠しい。

ううんっ、いっそセンパイへ電話して、自分がオナニーしているって教えちゃうのは……どうかなっ!?

だけど時刻はもう夜の二時だった。

寝てるところを起こしたら、センパイだってムラムラするどころか怒りだすかもしれない。

あたしは電話をあきらめて、代わりの方法を選んだ。

濡れた人差し指と中指を蠢《うごめ》かせたまま、親指をクリトリスへ伸ばすのだ。

膣口そばの突起を軽くなぞれば、怖いぐらいの疼きが背すじを駆け抜けた。

「ひ、ぃ、ぃぅううぅっ!?」

眉間が勝手に縮こまって、いっしょに涙もこぼれかける。

やっぱりこっちは凶悪すぎた。猛毒みたいに意識を白く染めてしまう。

だけど今のじれったさを解消するには、こういうきつさが必要かもしれない。

意識がふやけたあたしは、勢い任せでクリトリスを転がした。弾いて捻った。

「あぁっ……ひぐっ、うっ、ぁっ、んぁあうっ!」

こんなやり方続けてたら、センパイとするときだって、痛めつけてもらわなきゃ満足できなくなっちゃう、かも……!

なのに、あたしはとうとう左手のほうまでのたくらせだした。

こっちはパジャマをたくし上げて、ブラがない胸を揉みはじめる。

乳首は触れる前から硬くって、あてがった人差し指の先を押し返したがるみたいだ。

その分、感度が高く、痛み混じりの疼きが破裂する。

「は、ぁああっ！」

堪《たま》らず胸を根元から鷲掴みしてしまった。

こっちは乳首と反対で、感触がとっても柔らかい。圧《お》した分だけグニグニひしゃげて、同時に生まれる性感は、激しく打ちっぱなしの心臓まで侵す。

「くあぁんっ……センパイっ……センパイにレイプされてっ……あたしぃっ……こ、こんなにいやらしくっ、なっちゃいまし、たっ……ぁあっ！」

大好きなセンパイに責任をなすりつけつつ、あたしは絶頂の気配を身体の芯に感じ取った。それは一度意識してしまえば、外の世界を目指すように、重くグイグイこみ上げてくる。

「はっ、ぁっ……イク……っ、センパイっ……あたしっ、まだ足りてないのにぃっ……イッちゃうっ、よぉおっ！」

本物のセンパイだったら、あたしが下品なことを言うたびに鼻息を荒くする。だけど、写真はもちろん無反応だ。

あたしは興奮と虚しさをセットで抱いてしまう。放置プレイって……こんな気分、なのかなっ……!?

「センパイっ……あたしっ、会いたいのっ……！　センパイの声を聞きながらっ、おち×ちんが欲しいですぅっ！　センパイっ、センパイぃいんっ！」

あたしはバカみたいに写真へ呼びかけながら、自分の奥の一番弱い場所を抉《えぐ》った。

熱いヌルつきを指いっぱいに感じ取った。

はち切れそうなクリトリスも、膣襞と共にクニクニ圧しつづける。汗で湿る乳首を千切りそうな勢いで捩じり上げる。

「ふぅあんくううっ！　あっ、これっ……これぇえっ！」

来た……！　来たぁっ！　アソコが縮こまって、背中まで引き攣る怖い感じっ、破裂っ、するのっ！　イクッ！　イッちゃう……よぉおっ！

「うっ、ひ、くひぃいんっ！　んふぁっ！　せ、センパ……ィっ、ふ、ぐぅうんっ！　つ、ぅ、う、うっ、はっ……だ、大好……きっ、くふっ、ぅっ、あううんぅうぅっ！」

あたしは絶頂感に、目も口も閉ざし直した。

快楽を、さらに歯がゆさも噛みしめながら、手足までめいっぱい竦ませたのだった……。

＊　＊　＊

「……おしまい」

先の二つの場面と違い、読み上げは自慰が終わるまで続けられた。アクメの瞬間に至っては、自身が昇天したみたいに、慎吾の聴覚を刺激した。

しかも麗佳はクライマックスが近づくにつれ、シャツの貼りつくしなやかな腰を、何度も前へ傾けるようになっていた。童顔にはさらなる血の気を浮かせ、剥き出しの美脚も内股に変えている。椅子へ腿の裏を擦りつけるさまなんて、本物の性感が芯で渦巻いているように思われた。

「……にしても、目の前のセンパイがこれを書いたと思うと、なんか妙な気分ですね。思考が本物の女子より乙女らしいっていうか。読んでたらあたし、喉が渇いちゃいました」

スマホを降ろして笑う間にも、女子特有の甘酸っぱい匂いが、全身から漂うようだ。おかげで慎吾は勃起が鎮まらない。むしろわずかな身じろぎだけで、暴発寸前まで悩ましさが募ってしまう。

そこへ椅子から降りた麗佳が、よろめくように近づいてきた。彼女は慎吾の正面へ座り直したら、ローテーブルにあった自分のグラスを取り上げる。

「んくっ、んくっ、んくっ……ぷっはあ！」

細い喉を波打たせて麦茶を飲み干すなり、一転して色気のない息を吐き出した。

おかげで慎吾も、少しだけ手足の硬直を緩められる。彼はもっと気持ちを落ち着かせるため、自分の麦茶を口元へ運び、

「う……ぐふっ!?」

呷《あお》ったところでむせかけた。それをごまかすために、慌てて仏頂面《ぶっちょうづら》になった。

「ま、まあ……その、さ。初対面の男と二人きりで、こういう悪戯すんのはやめたほうがいいぞ」

すると、余裕を取り戻した麗佳が問うてくる。

「あたしを襲っちゃいそうになりました？」

「馬鹿、小説といっしょにするなよ」

どれだけ頭へ血が上ろうと、あんな愚挙へ出るつもりはない。ただ、麗佳がいずれ痛い目に遭いそうで心配だった。

「あたしなら大丈夫ですよ。もしセンパイがケダモノ化しても、きっとこっちの勝ちですから。あたし、子供の頃から合気道を習ってるんです。それも実戦的なヤツを」

（この子、世の中を舐めすぎだろ……！）

話の腰を折られた慎吾は、これ見よがしにため息を吐《つ》いてやる。

「どういうタイミングで相手がキレるかわからないだろう。いきなり襲われたら、身体がついていかないこともあるはずだぞ」

「お、心配してくれるんですね。でも、あたしだって誰かれかまわずこんなことはやりませんってば」

「そうなのか？」

「センパイの気を引きたくて、とかじゃないですからね。会ったのも今日が初めてですし」

「わかってるよ」

ありえない期待をするほど、自惚れてはいない。

そこで麗佳が声を潜める。

「実はセンパイのこと、ストーカーじゃないかと疑ってたんです」

「どうしてそうなるっ？」

「だってしょうがないでしょー？　リナと知り合いで、書いてる小説のヒロインが、あたしと同じ読みの名前、同じ髪型なんですから。家族構成をこっそり調べてたかと、疑いたくなるじゃないですか」

「……全部たまたまなんだよ」

確かに偶然としてはできすぎだが、麗佳の存在を知ったのも、勉強会の話が出たときだ。

と同時に、慎吾は麗佳の真意がわかった気がした。

「要するに……こんなことをやったのは、水本さんを守るためだったんだな？　俺が水本さんに付きまとう変態だったら危ないと思って、本性を見極めようとしたわけだ」

「だいぶ違います」

「違う!?」

「あくまで自衛と興味本位ですよ。自己犠牲的な何かじゃありません」

「そうか、うん」

もはや何が真実かわからない。追及したって、麗佳ははぐらかしつづけるだろう。

「いいよ。俺は妹さんのことを、姉のために無茶できる優しい子なんだと、そう思っておく」

危険を冒《おか》して二人きりの状況を作ったのも、こちらが恵里菜の前で恥をかかないように計らってくれたから——というのは、好意的に解釈しすぎかもしれないが、相手のいい面を見たほうが、穏やかな気持ちでいられる。

重ねて褒められた麗佳も、呆れたように瞬きだ。それからニンマリ口の端を上げた。

「センパイって面白い人ですね。優しい子だなんて言われたの、あたし人生初かもですよ」

「こっちは面白い人なんて言われたのが初めてだ」

「センパイは小説だって面白いじゃないですか」

麗佳はますます楽しげな目つきになって言う。

「決めました。これから先も先輩のエッチな小説、フォローしてあげます。ストーカーじゃないっぽいってわかりましたしねっ」

「……そりゃあどうも」

自分の話を面白いと評してくれる麗佳のことが、慎吾はいよいよいい子に思えてきた。

「けど、水本さんには黙っててくれよな」

「リナだって、読めば気に入るかもしれませんよ？」

「それでもだよ」

真顔で念を押すと、麗佳は「はーい」と、両手を顔の高さへ挙げたのであった。

第二章　後輩からの真剣告白

麗佳に振り回された翌日の夕方、慎吾は食品や雑貨を補充するため、近所のスーパーへ出かけた。

石鹸に歯磨き粉、食器用洗剤――時間をかけて棚を回ると、チェックから漏れていたものへも気づきやすい。

(そういや、ティッシュが切れかけてたっけ)

彼は事前のメモから抜けていた箱入りの特売品を、買い物かごへ放り込んだ。

ティッシュの消費量に関しては、同年代の他の男子より多いかもしれない。なぜなら小説を書いたあとの滾《たぎ》りが半端ではない。

(……昨日は特に、だな)

昼に麗佳から煽られた肉欲は、夕食後も股座《またぐら》にわだかまりつづけた。それをぶつけるつもりでセックスシーンを書けば、主役の「俺」は、麗佳への分まで仕返しするように、怜歌を剛直で穿《うが》ち、突き上げ、追い詰めたのだ。

ただ、いくら会心のデキでも、即座にネットへ上げる決心は持てない。

ページを更新すれば、麗佳の目に留まる。となれば次に会うとき、感想と称して執拗にからかってくるだろう。

そもそも彼女が読んだあとでどう感じるか、それを想像するだけでも冷静ではいられない。

大柄な身体つきに反して、慎吾のメンタルは強くなかった。健全な部誌の短編でさえ、知人に見られたダメージが癒えず、文芸部から逃げ出したほどだ。

(まあ、妹さんからは面白いと言われたけど、さ……)

ほのかな期待まで混じるから、気持ちはいよいよ複雑である。

ともあれ、彼はティッシュ売り場の前で、しばし無意味に立ちつづけた。

すると突然、脇から明るい声で呼びかけられる。

「こんにちは。先輩もお買い物中なんですねっ」

「いっ!?」

明らかに恵里菜の声だ。

「あ、ああ……っ、水本さんっ……」

慎吾は動悸を隠して、引きつり気味の顔をそちらへ向ける。

今日の恵里菜は、上がクリーム色の長袖シャツで、下にチェック模様のスカートを穿いていた。揃ってシックなデザインだから、茶色い縁の眼鏡ともマッチする。

「先輩、昨日はお世話になりました」

「いや、礼を言われるほどじゃ……むしろ半端なところで帰っちゃって、ごめんな」

慎吾は頭をかいて詫びる。

昨日、恵里菜が戻ってきたあと、彼は我慢汁の匂いが部屋に残っているようで落ち着かなかった。それで適当な口実を作り、そそくさと水本家を辞したのだ。

しかし慎吾の謝罪に、恵里菜もかぶりを振った。

「私こそ席を外してしまってすみません……。あ、プリンご馳走様でした。とても美味しかったですっ」

言ったあとで深くお辞儀だ。その姿勢を数秒続けてから、彼女は再び背すじを伸ばす。

「ところで高倉先輩……私がいない間にレイが……いえ、妹が失礼なことをしませんでしたか？　部屋へ入ったとき、なんだか雰囲気がぎこちなかった気がして……」

やはり、昨日の自分は不自然な態度だったらしい。だが、正直に明かすことなどできない。話を違う方向へ逸らすべく、慎吾は急いで頭を働かせた。

「……特に失礼とかはなかったよ、うん。それより俺、クッキーを食べ損ねたのが、残念なんだ。せっかく作ってもらったのにな」

「でしたら私、次はもっと美味しく作りますっ」

恵里菜は意気込み混じりに拳を握った。しかも、いいことを思いついたといいたげに、続く声音を弾ませる。

「そうですっ。先輩のお宅、今日もご両親がお留守なんですよね？　私がこれから晩ご飯を作りに伺《うかが》うのはどうでしょうか？」

「え、あ、えっ!?」

慎吾は慌てて周囲を見回した。

聞きつけた人はいないようだが、大胆なことを堂々と言う。

しかも、恵里菜は一歩踏み込んできて、さらに主張した。

「昨日の仕切り直しだと思って、どうか……！」

夜に男子の家へ上がりたがるなんて、もしかしたら、この後輩は妹以上に警戒心が乏《とぼ》しいのかもしれない。

「い、妹さんはどうするんだ？　いっしょに食べるはずだったんじゃないのか……？」

「そうですね……。じゃあ、ちょっとだけ待ってください」

恵里菜は買い物かごを床へ置き、手早くスマホを取り出した。そのまま何やら操作して、慎吾に画面を見せてくる。

「レイはこれで解決です」

表示されていたのは、たった今送信されたらしいメッセージだ。

『偶然、買い物中に友だちと会っちゃった。それでいっしょに外で食べることになったから……ごめん、今夜はレイも適当に済ませてね？』

「これって……」

目を見開く慎吾へ、恵里菜は頬を赤らめながら微笑する。

それで慎吾も勘違いに気づいた。

メッセージには「先輩」でなく「友だち」とある。夜、一人で異性を訪ねたら妹にどう思われるかくらい、恵里菜だって理解しているのだ。

（そのうえで、俺を信頼してくれたのか……）

だったら、説教したってクドいだけである。自分が恵里菜を裏切らなければ、それでいい。

慎吾は頷《うなず》きかけて、もう一つ、別の問題に気づいた。

「ところで俺の家って、エプロンとかないぞ？　油とかが服へ跳んだらまずいだろう？」

すると、恵里菜はきょとんとしたあと、表情を明るく変えた。

「私、台所用品のところへ行きたいですっ。さっき、気になる可愛いエプロンがありましたから。ただ……友だちと外食するって言っておいて、下ろしたてのエプロンを持って帰ったら、レイに怪しまれるかもしれないですよねっ？」

「……かもな」

「すみません、エプロンは預かってもらえませんか？　そうすれば、またお邪魔して料理するときに使えますっ」

「ま、まあ、いいけど……」

慎吾は頷きつつ、控えめなはずの恵里菜にまで、ペースを握られだしている気がした。

ただ、彼女の可愛いエプロン姿を思い浮かべると、些細《ささい》な懸念なんて根こそぎ消し飛ぶ。

「じゃあ、エプロンのあるところへ行こう。他に欲しい食材とか、あるか？」

彼は気持ちを切り替え、恵里菜へ尋ねたのだった。


恵里菜が作ってくれたのは、生クリームやチーズ、卵のコクに、粗びき黒コショウがピリッとアクセントを加えるカルボナーラだった。それとトマトの酸味が効いたコンソメスープに、手作りドレッシングがかかる新鮮サラダもだ。

「時間があれば、もっと凝ったものを作れたんですけれど……」

などと恵里菜は謙遜するが、慎吾からすればご馳走で、そもそも誰かといっしょの夕食なんて、実に数カ月ぶりとなる。

(こういうのって……あったかいよな……うん)

一人ぼっちの食卓に慣れたつもりでいても、今日は天井の照明まで、やけに明るく感じられた。

のみならず、食事が終わると、恵里菜は洗い物までやってくれた。

「ありがとうな……水本さん。マジで至れり尽くせりだよ……」

出してもらったコーヒーをチビチビ飲みながら、慎吾は恵里菜の後ろ姿へ感謝を述べる。

「ふふっ、お粗末様です」

食器を洗い終えた恵里菜も、脇のタオルで手の雫を拭《ぬぐ》い、上機嫌で振り返った。

彼女はテーブルまで戻ってきて、エプロンを傍らの椅子の背もたれに置く。それから慎吾と向き合うかたちで、もう一つの椅子に座った。

「そういえば私、至れり尽くせりって言い方を、初めて会話で聞いたかもしれません」

「日常ではあまり使わないか。古めの小説にはよく出てくるし、俺的には当たり前の感覚だったよ」

「ふふっ、読書家あるあるですね」

恵里菜は小さく笑ったあと、エプロンへ目をやった。

「よかったらこれ、先輩も使ってください」

恵里菜の言い方はごく自然だ。

しかし慎吾はドキリとさせられる。エプロンとはいえ、身に着けるものを恵里菜と共用なんて照れくさい。

その心情が顔に表れたのだろう。恵里菜まで頬を朱に染めた。

「も、もうっ……先輩ってば気にしすぎですっ」

さらに彼女はかけていた眼鏡を外し、慎吾のほうへ向けてくる。

「今のうちに、これで慣らしちゃうとか、どうでしょうっ？」

「え、けどさ……」

「先輩、ぜひ……っ」

眼鏡ではエプロンよりずっと生々しい。だが慎吾は、いつになく強引な後輩の提案を断りきれなかった。それで慎重に眼鏡を受け取って、自分の顔にかけてみる。

一気に視界がぼやけた。

「……けっこう度が強いんだな」

とはいえ、レンズに慣れた恵里菜のほうは、裸眼でピントを合わせるコツも摑んでいるらしい。わずかに間を置いたあと、はにかみ混じりの感想を述べてきた。

「先輩って……眼鏡も似合いますね。ええと、か、かっこいいですっ」

半分以上お世辞だろう。それでも慎吾は顔が熱くなって、急いで眼鏡を外した。本来の視力を取り戻そうと、数回の瞬きを繰り返した。

「……っ」

無意識に呼気が跳ねたのは、改めて素顔の後輩を見たためだ。

文学少女然とした清楚な彼女も、おなじみのアイテムがないと、あどけなさが際立つ。一つ違いとはいえ、年下なのだと実感させられる。

「……水本さんこそ」

「はい？」

「いや、何でもない……」

褒められたお返しに、慎吾は眼鏡なしでも可愛いと言おうとしたのだ。

しかし土壇場でそれを飲み込んだ。

対する恵里菜は、残念そうに苦笑を浮かべる。

「そこはちゃんと伝えてほしかったです」

言いながら、受け取った眼鏡を掛け直して――急にモジモジ上目遣いとなった。

「まあ、そういうところも含めて、私は高倉先輩を好き、なんですけども……っ」

「えっ!?」

突然の告白に、慎吾は思考が乱れた。

（い、いや、いやっ……今のは後輩としてだよな……っ？）

自分を納得させようとするが、目の前では、恵里菜の頰がみるみる紅潮していく。

「あ、あはは……サラッと言おうとしたのに……難しいですね」

彼女は空笑い混じりに、自分のコーヒーカップを口へやった。冷めてきた中身を少し飲んだら、きっぱり言いきる。

「今のは異性としてって意味です……っ」

「お、おう……」

慎吾は短く返しつつ、心臓が喉へせり上がってきそうだ。

一方、恵里菜は覚悟を決めたように、テーブルの上で両手を握りしめた。

「……始まりは部誌にあった先輩の小説です。この物語たちと会えてよかった、これを書いた人といっしょに青春したいって、読んだ日から強く願うようになりましたっ」

「うん……」

「だって、入学前の私が部誌を手に入れられる機会は、学園祭のときぐらいしかなかったんです。読み返しながら、運命を感じるときさえありました」

「……そんなに、か？」

一部の経緯を前もって聞かされていなければ、慎吾は気持ちが追いつかなかっただろう。だが先に驚かされていた分、今回は高揚が大きくなる。

（ああ、俺はアレを書いてもよかったんだな……）

純粋にそう思えた。

ただ、恵里菜が期待を抱いて入部したとき、自分はもういなかったのだ。

そんな慎吾の罪悪感を、恵里菜も敏感に察したらしい。

彼女はいきなり早口となった。

「ぁのっ、先輩の事情なら部長たちから聞きました。創作に真剣だからこそ、反動が大きかったんだと思います……って、すみません、これじゃ偉そうですね……っ」

「いや、いいよ。ありがとう、水本さん。俺さ……すごく嬉しいんだ」

自然に礼が口を衝いて出る。

もっとも恵里菜のほうは、言うだけ言って気持ちの糸が切れたのか、急に目力を失ってしまった。

「わ、私……その……」

まだ何か伝えたそうなのに、肝心の言葉が続かない。

慎吾も告白に答える踏ん切りを失いそうだ。

(そもそも……俺はこの子をどう思ってるんだ?)

根本的な疑問まで頭に浮かぶ。

この半年、恵里菜のことはずっと大事な後輩と見てきたはずだ。しかし実際は、自分が傷つかないための予防線を引いていただけかもしれない。

今までモテた経験がなく、本気になったせいでドン引かれたらつらいから……。

といって、好かれているとわかったとたん、いそいそ擦り寄るのも不誠実だった。

まして自分には、エロ小説という秘密がある。

――リナだって、読めば気に入るかもしれませんよ？

麗佳の冗談まで思い出された。

恵里菜の好意のきっかけは部誌の小説だし、黙ったまま付き合うなんて詐欺じみている。それに隠す期間が長くなれば、ますます打ち明けづらくなるに違いない。

（じゃあ、今ここで……？）

どう考えても、的外れのタイミングだった。恋心が幻滅へ変わるのが、目に見えている。

慎吾の葛藤は続き、一分以上も恵里菜を待たせてしまった。

とうとう彼女が心細げに声をかすれさせる。

「やっぱり、私じゃ駄目ですか……？」

その問いかけに、慎吾は心が奮えた。

恵里菜は勇気を振り絞って、自分をさらけ出してくれたのだ。

だったら、こっちも応えなければ嘘になる。

「……俺さ、最近は官能小説を書いて、匿名でネットにアップしてるんだよ」

教える間に、あらぬほうへ顔が逸れた。

恵里菜も呆気にとられたようだ。

「……あの……官能小説って……エッチなお話のこと、ですよね？」

「ああ。これを黙っていたら狡《ずる》いと思うんだ。……がっかり、したんじゃないか？」

できれば否定してほしくて、慎吾は恵里菜の反応を横目で確かめた。だが、彼女はYESともNOとも答えない。

「実際に読んでみないと、わかりません……」

適当な口約束をしないのは、生真面目さの表れだろう。それから思いきったように、ポケットからスマホが取り出された。

「小説がある場所、教えてください。私、読んでみますっ」

「こ、ここでか？」

「はい……っ。家へ帰るまでには、まだ時間がありますし、待ちに待った先輩の新作なんですからっ」

気持ちを固めたつもりでいた慎吾も、目の前で本文をチェックされるとは思わなかった。焦りのあまり、つい馬鹿なことを口走ってしまう。

「音読はしないでくれよっ？」

「しませんよっ！　なに言ってるんですか、先輩っ！」

恵里菜も言い返しながら、ますます顔が赤くなっていた。

自分の官能小説を、後輩が無言で読み進めていく。この生殺しめいた状況に、慎吾は椅子へ座っているのがつらかった。

いっそ立ち上がって、リビングを歩き回りたい。だが、みっともない奇行は恵里菜の邪魔になる。

少なくとも、恵里菜の目つきは真剣で、頰に薄っすら血の気を浮かせたまま、ときおり、唾を微かに飲んでいる。

唯一、彼女の表情がわかりやすく動いたのは、まだ読みだしたばかりの——ヒロインの名前が「レイカ」とわかったときだった。恵里菜は驚いたように慎吾の顔を見て、偶然だと説明されると、ホッとしたように視線をスマホへ戻したのである。

慎吾は壁の掛け時計を見上げた。

（あと、十五分か……）

書き溜めたボリュームがけっこうあるために、読むのは一時間だけと事前に決めておいた。しかし、ここまでの四十五分だけでも異常に長い。

鼓動の音はうるさいぐらいで、麗佳が相手のときとも少し似ていた。ただ、今は勃起と縁遠く、ひたすらジリジリさせられる。

「………」

ついに耐えきれなくなった慎吾は、足音を殺してコンロの前に立ち、二人分の紅茶を用意した。

カップは無言でテーブルに置いたが、恵里菜の顔が上がることも、礼のセリフが来ることもない。眼鏡の似合う文学少女は、長方形の画面をひたすら見つづけている。

(それだけ怒ってる、か……?)

慎吾は息を殺して席へ戻り、審判の時を待った。

やがて、アラーム設定をされていた慎吾のスマホが、振動しはじめる。

ブブブ、ブブブ、ブブブッ。

「おっ」

「あっ……」

慎吾はスマホを止めて、恵里菜も気配を和らげた。

もっとも、スマホをテーブルへ降ろしたところで、恵里菜の姿勢は俯きがちとなってしまう。意見もなかなか出てこない。

「………どうだった?」

待ちきれず、慎吾のほうから問いかけると、恵里菜はやっと小声で答えた。

「……ちょっと、混乱しています……」

「そうか……」

やはり後輩にとって、妄想の性描写なんて気持ち悪かったらしい。告白も、尊敬も、今日までの親しい積み重ねも、すべて帳消しだ。

わかっていたつもりでも、喪失感は大きかった。明日から、見える世界がまるで変わってしまいそうな気さえする。

と思いきや——恵里菜は顔を伏せたまま、さらに続けた。

「ヒロインから挑発されて、腹を立てながらも惹かれていく主人公の不安定さは、すごく先輩の作品らしいです。なかなか素直になれないヒロインも、けっこう好きです。ただ、彼女へ唐突に襲いかかるのは、部誌に出てきた他の主人公たちと比べて、猪突猛進すぎると思うんです」

「え、水本さん……?」

「今までの主人公はみんな、もどかしくて繊細な青春の独白《せりふ》が持ち味だったのに、この主人公はそういうのと縁遠いですよね……？　文体が先輩らしい分、どうしても違いが気になってしまうというか……っ」

「ちょっと待った」

堰《せき》を切ったように批評を述べだす後輩を、慎吾は手で制した。

「水本さんが戸惑ったのって、そういうところか……？」

「そうですよ……？　あの、他に何が……？」

「性的な話は気持ち悪くて論外だ、とかじゃなく？」

「私っ、小説のジャンルで貴賤《きせん》を決めたりしませんっ。内容の好き嫌いならありますけど……でも、先輩のこのお話、嫌いじゃありませんから！」

心外だというように、恵里菜の目線が上げられた。

慎吾も安堵のあまり、椅子から滑り落ちそうだ。同時に恵里菜から嫌われることを、どれほど恐れていたか再認識できる。

そこで、遠慮がちに尋ねられた。

「先輩……こういう描写って、誰かとの体験を参考にしているんでしょうか……？　たとえば、特定のお相手がいるとか……」

「いない、いないっ。全部想像だよっ」

慌てて否定してから、それもみっともないと慎吾は気づく。

恵里菜もさらに質問だ。

「先輩の好みって、こういうレイ……いえ、ヒロインみたいな子なんですか？」

「それも違うっ。前に読んだ漫画の生意気な後輩キャラが面白くて、自分なりにアレンジしただけだよっ」

「……よかったです。それなら私にもチャンスがありますね」

恵里菜は胸を撫で下ろした。それからボソッと付け足してくる。

「実は昨日の勉強会、レイの発言が始まりなんです」

「そうなのか？　てっきり、妹さんは嫌々、参加させられたんだとばかり……」

「いえ、私がする先輩の話を聞きながら、本当に素敵か一度確かめてあげるって、レイはよく言っていたんです。それで先輩に勉強を見てもらえるってなったとき、私、レイを巻き込んで……。え、ええと……レイもますます、先輩に興味が湧いた……みたいです……」

「そういうことか……」

やはり、麗佳は自分で言うほど悪い子ではないらしい。

この際なので、慎吾も昨日の出来事を明かすことにした。

「官能小説のことはさ、妹さんにも知られてるんだ。たまたまネットで見つけたあと、部誌の短編と文体が似てるから、俺の話だとわかったってさ。で……昨日はダイジェストで音読された」

「えっ！　それはっ……何といいますか……レイが失礼しました……！」

同じ創作系の人間として、自作を弄《いじ》られるいたたまれなさは、恵里菜にも通じやすかったようだ。彼女は額をテーブルへぶつけそうな勢いで深く頭を下げた。次いで顔を上げ、真剣に訴えてきた。

「レイのことは、あとで私が叱っておきますから……っ」

「や、怒ってるとかじゃないよ」

慎吾も急いでフォローを入れる。

「細かい書き方に気づくぐらい、読み込んでもらえたわけだしさ。ひょっとしたら妹さんの音読が荒療治になって、俺はまた、生身の相手と向き合いながら、創作をできるようになるかもしれない。言ってみれば、妹さんは恩人だよ」

正直、この瞬間まで、そこまで深く考えていなかった。麗佳を持ち上げたのも、姉妹間の喧嘩を防ぎたかったからだ。

とはいえ言葉を尽くすうち、的を射ているように思えてきた。煩悩まみれのエロ小説で恥をかいた以上、部誌の件を引きずっていたってしょうがない。

「俺は心から感謝してるんだ、本当に。水本さんからも妹さんに伝えてくれよ。俺は次回会ったとき、直接お礼を言うからさ」

「そう、ですか……？」

恵里菜はだんだん拗《す》ねた表情になってきた。

だが、慎吾は変化に気づかない。せっかく先輩へ想いを伝えたのに、話題が官能小説へ移り、挙句の果てに妹ばかり持ち上げられたら、目の前の少女がどう思うか――なんて考えに至れない。

「そこまで言うんでしたら……私もレイとは別のかたちで、先輩の小説をお手伝いしたいです……っ」

「いいって。今夜なんて水本さんの世話へなりっぱなしだろう？　これ以上は……」

「させてくださいっ。私、先輩へ告白したわけですし、全力で支えますっ。お話の中で書かれているようなことだって、まだ先輩が経験していないなら……や、やれる範囲で私が……っ」

恵里菜の瞳にある不満は、一転して、もっと切実な何かへ変わっていた。

鈍い慎吾もようやく、際どい気配を察知できる。

「待っ……て、水本さんっ。何かヤバいことを言おうとしてないか？」

「いいえっ。恋人じゃないのに最後の一線を越えるのはよくないと、私だって思いますっ。するのは……ええと、こういうことですからっ」

直後、恵里菜は椅子を引き、テーブルの陰に身を隠した。

「高倉先輩、こっちですっ」

「えっ!?」

天板の下から呼びかけられて、慎吾が椅子ごと身を引くと、彼女はできたばかりのスペースへ、四つん這いで寄ってくる。

「……こうやって足元にひざまずいて、口とか手とか使ってあげると男子は悦ぶよって……昨日、ユキに教えてもらいました……っ」

上向く童顔には、わずかな不安が残っていた。だが、恵里菜は左手を慎吾のズボンへ添えて、右手でファスナーを摘まんだ。

「口でやるだけなら、赤ちゃんができることもありませんし……」

「って、フェラだって軽々しくやっていいものじゃないだろ……！」

「私、いい加減な気持ちで言っているわけじゃありませんっ」

説得されて奮い立ったらしく、彼女はファスナーを引き下げる。

ジーッと微かに音が鳴って、ズボンの前は全開だ。

しかも恵里菜の指は、隠れていたトランクスの一点を摘まみ、小水用の穴まで拡げようとした。

「いや、待ってくれって……！」

慎吾は言いながら、しかし恵里菜を止められない。足元で揺らぐ後輩の肩は繊細すぎて、強く押したら折れそうだ。あるいは頭がテーブルの裏へぶつかるか、狭い場所で受け身を取れずに倒れてしまうか……。

優柔不断な逡巡の間に、トランクスの穴を留めるボタンが外された。通常サイズのペニスがグニッと導き出された。

触れてくる恵里菜の指は意外に冷たくて、慎吾はヒュッと背すじが硬くなる。

「う、くっ……!?」

似たシチュエーションなら、妄想で小説化したことがあった。しかし、いざ直面すると驚きが先に立ち、勃起するどころではない。

一方、恵里菜は事後承諾を求めるように、ぎこちなく笑みを浮かべる。

「お、男の人のって、けっこう小さくて、フニャフニャなんですね……」

童貞に対してこの指摘は、金槌《かなづち》の一撃じみていた。

「もうやめてくれよっ……こういう無理は水本さんらしくないだろっ？　俺だって頭に血が上れば、小説の主役みたいに、水本さんを押し倒すかもだぞ……!?」

「いいえっ、あの主人公と高倉先輩は違いますっ。私、先輩を信じているからこそ、告白したんですっ」

恵里菜はどこまでも一途《いちず》だった。

しかし、それがトリガーとなって――ムクッ、ググッ！

信じると言われた矢先でありながら、慎吾のペニスが肥大化しはじめる。となると、最大サイズへ行き着くまで、あっという間だった。

膨らみきった亀頭は、猛々《たけだけ》しくて赤黒い。茸の傘みたいに丸っこく、カリ首との段差もグロテスクに大きい。

下では竿が長くて太く、勢い余って根元からヒクつきはじめている。

「あ……えっ……」

恵里菜も突然の変化が信じられなかったらしい。牡肉に目線が釘づけとなり、虚《うつ》ろな呟《つぶや》きが漏れる。

「す、すごいっ……」

「わかったろ……俺だって、期待されるほど立派な人間じゃないんだよ……」

善人ぶっておいて、この体たらくだから、慎吾は猛烈に情けない。

だが勃起したモノは、羞恥の念すら燃料へ変えて、ますます反り返ろうとする。

恵里菜も引き下がるどころか、右手を硬い剛直の中ほどへ移した。

「かまいませんっ……！　元々、こうなってもらいたかったんですからっ」

彼女の細い五指はグイッと曲がり、張りのある手のひらまで、肉竿へ押し当てられる。

握る力はかなり強い。意気込みが先走った結果だろうが、急所のへし折れそうな痛みに、慎吾も悲鳴をあげてしまう。

「あだだっ!?」

「す、すみません、先輩っ！」

恵里菜が即座に圧迫を緩めてくれた。

もっとも、やめるつもりまではないらしく、右手は怒張へ添えられつづける。力加減も適切になって、慎吾は否応なく、柔肌の弾力を味わわされた。

神経がムズつく。触れられていない箇所が歯がゆい。

恵里菜も節くれだった感触を確かめながら、妖しく喉を鳴らした。

「男の人のって……やる気になるとすごく熱くて、硬くて……脈打つんですね……」

「いや、やる気というか、これはごく普通な生理現象で……っ」

「私っ……レイより、それに怜歌さんよりも、高倉先輩をやる気にさせてみせますっ」

恵里菜は架空のヒロインまで恋のライバルと捉えたらしい。その決意のままに、顔の角度を変えて亀頭を見やる。

「んぁ……はっ……」

顎も自然と持ち上がり、慎吾はますます後輩の表情がはっきりわかった。

彼女はそっとまぶたを閉ざして、反対に口を大きく開けている。高く通った鼻筋の先の、二つ並んだ小さな穴まで、心持ち拡げるようだ。それが透明感のある美貌に生々しい愛欲をあと付けし、慎吾も意識を奪われかけた。

直後、恵里菜から漏れ出た吐息が、まだ我慢汁の滲んでいない鈴口をなぞる。

「う、くっ……!?」

腰の裏まで逆撫でされるような悩ましさに、慎吾は堪らずわななないた。

後輩の顔も男根へ急接近で――ヌルリッ。皮を剝かれた果実さながら、赤い舌が口の奥から差し出された。舌はすぐさま亀頭の裏へぶつかって、鋭く痺れを破裂させる。

「お、ぉうぅうっ!?」

ささやかな息遣いですら、むず痒かった慎吾だ。実体を持つ軟体に触れられるやいなや、危うく理性が吹っ飛びかけた。

もちろん、恵里菜のやり方はぎこちない。だがそれもきつめの圧迫へ繋《つな》がって、ザラつきながら濡れた舌の表面が、牡粘膜をなぞりはじめる。

「んんぅ……ふっ、うっ……」

恵里菜はまず、愛撫を左右へ走らせた。舌の細かな凹凸で亀頭粘膜を磨くやり方は、まるで喜悦以外の感覚を、すべて牡肉からそぎ落としたがるようだ。

しかも慎吾が見下ろす前で、舌先は次第に柔軟性を得ていく。動きも横向きから縦向きへ変わり、新たに始まったのは、裏筋へ添った短い距離の往復だった。

「ぁあああふっ、んぁっ、れろっれろっ、んちゅぷっ……」

「その動き、は……!?」

細かな皴へ快感を練り込む舌遣いには、慎吾も心当たりがある。たった今、恵里菜が読んだはずのフェラチオ描写だ。

この蠕動《ぜんどう》に呼ばれて、鈴口から我慢汁が浮いた。汁はジンワリと裏筋へ伝わり、蠢《うごめ》く舌でつぶされる。

「んふあ……っ!?」

意外にも、恵里菜は驚いたように口を下げかけた。

どうやら目を閉じたままだったため、粘着質なしょっぱさを予想できなかったらしい。もっとも、舌は跳ねた拍子に牡肉を打ち据えて、性の疼きをまた強くした。

「つおっ⁉」

「ぁン……これが……先輩の小説にあった『我慢汁』なんですね……っ」

恵里菜が照れたような目つきを見せる。そこに汁気を拒む気配は微塵もなかった。むしろ、微かな笑みすら混じらせた。

慎吾もなかばヤケクソで、首を小さく縦に振る。

「ああっ、そうだよっ……男がムラムラしたときに漏らすヤツ！」

すると、恵里菜は再び目を閉じて、唇を亀頭まで戻した。

「……次はこれを広げてみます……っ」

文学少女の舌先はフック状に持ち上がり、垂れてきた先走りを掬い取る。そこへ唾液も混ぜて亀頭へまぶし、愛撫を滑りやすくしていった。

「んんふっ、む、ぁ、ぇぇぇぉっ……」

これまた小説の再現だ。

刺激は神経を毛羽《けば》立たせるようで、クセになりそうなほど気持ちいい。しかも、奉仕はカリ首の側面まで届き、大きな段差をほじくりだした。粘液の膜が分厚くできてなお、慎吾へ刺さる痺れは強烈だ。

「つおっ⁉」

彼の奇声に、恵里菜も慌てて舌を浮かす。

「ま、また痛かったですか……？」

「いや……大丈夫……っ」

露骨に語るのは憚《はばか》られ、慎吾は語尾を濁しかけた。だが、やっぱり我慢できない。彼はとうとう恥も良識も捨てて、さらなる舌戯を求めてしまった。

「俺……今の調子でもっと舐めてほしいんだ……っ。水本さんっ、頼む……！　チ×コはもう少し、そっち側に倒して平気だからさ……っ」

「は、はいっ！」

刹那、恵里菜も表情を輝かせる。それから言われたとおり、急角度を描く竿を、自分の口元へ引き寄せた。舌を伸ばして、鈴口へあてがった。

「はむっ、んっ、じゅぷっ、んぷっ……ぅあむっ！」

「つぉ、く、ぅうっ⁉」

我慢汁の出どころを丹念に擦られて、慎吾はエラをなぞられた瞬間以上に、屹立が疼きだす。

しかも、恵里菜はもう呻《うめ》きを聞いても止まらない。ペットでも愛でるように、牡肉を撫で回し、かと思えば、満足げにこんなことを呟く。

「いっぱい反応してもらえて……私、やる気が湧いてきました……。おち×ちんも……なんだか可愛く思えます……っ」

「そうか……っ？」

もしかしたら恵里菜には、麗佳と似た小悪魔気質が眠っていたのかもしれない。

そんな印象を裏づけるように、彼女は口をいっそう大きく開いた。生温い洞穴みたいになった口腔内へ、亀頭を、さらにエラまでも、どんどん迎え入れはじめた。

「むぁあおっ……あ、おぉっ……」

「水本さんっ!?」

慎吾が呼びかけても、侵攻は止まらなかった。そのまま竿の中ほどまで進んだところで唇がすぼめられ、硬い部分をしっかり捕獲する。

「はむっ！」

「う、お、おおっ!?」

慎吾は尻が勝手に浮きかけた。

竿の感度は亀頭と比べて低いものの、皮膚が張り詰めているせいで、わずかなこそばゆさも劇薬同然となる。押さえられた部分はムズついて、悩ましさが腿や尻まで拡散される。

しかも恵里菜は唇を男根へ張りつかせたまま、ゆっくり、ねっとり、後退しはじめた。

慎吾の了解なんて求めない。竿の表皮をカリ首側へ手繰り寄せて、咥えていない根元のほうまで張り詰めさせていく。同時に舌もズリズリ下げて、裏筋を消化せんばかりに擦りつづけた。最後は吐息で蒸したエラへ、唇の裏を引っかける。

「お、それっ……すご……っ⁉」

植えつけられる肉悦に、慎吾も腰が折れかけた。とっさに恵里菜の頭を両手で押さえると、汗を吸った黒髪が纏《まと》わりついてきて、手のひらまでくすぐったくなってしまう。

「うぅんっ……！」

恵里菜は唇をモゴモゴ波打たせ、エラへさらなる愉悦を注ぎ込んだ。それから動く向きを変え、また竿部分を頬張りにかかる。

今度は唇と舌を押しつけながらのために、エラを引き伸ばす格好となった。慎吾からすれば喜悦の面積が広がって、ねぶられつづけの裏筋でも、際どい刺激が止まらない。

「つ、く、ぅううっ⁉」

もう何度目かわからない唸りを、彼は受け身で漏らすしかなかった。

それを聞きつけてか、恵里菜が目線を上に向けてくる。

「ぃかあ、えふか……っ？」

いかがですか、と尋ねたのだろう。

すでに彼女だって、相手が痛いのか気持ちいいのか、聞き分けられているはずだ。

つまり、この質問が出たのは、もっとせがんでほしいから。

「続けてくれ、水本さんっ……！」

慎吾は喉に引っかかっていた声を吐き出した。

すかさず、恵里菜も「ふぁいっ」と返事して、二度目の後退へ取りかかる。速度を速めて肉幹をしごき、最後にカリの窪みを直撃だ。

いや、今度は亀頭を引っこ抜かんばかりに、大きな段差まで踏み越えた。プルンと艶やかな唇で粘膜の塊《かたまり》を挟んだら、互いの形が変わるほど、情熱的に揉みしだく。

「お、くふぉっ⁉」

慎吾はさらなる驚きを上書きされた。

しかも次の瞬間、恵里菜は吸盤じみた密着感を維持したままで、一直線に突っ込んでくる。粘膜も皮も無差別にしごき、慎吾のズボンに顔を埋《うず》める勢いだ。

「ひぅううぶっ、んくっ、はぉふぅううんっ！」

彼女はやる気があらぬほうへ振りきれたらしい。勢い余って自ら喉奥まで抉《えぐ》ったために、吐き出す声も嗚咽《おえつ》めいてくる。

「む、無理しなくていいんだぞっ……じゃなくて、苦しいなら我慢しないでくれよっ!?」

さっき口淫を求めたばかりの慎吾だが、後ろめたさが頭をもたげた。

しかし、今さらキャンセルなんて効かない。恵里菜は首を横へ揺すったあと、肉竿と唇の間で空気を鳴らし、連続で行き来しはじめる。

「んぐぷっ、ぇ、おぷっ、ひぅうぶっ、ぇおっ、あぁあおぉおっ！」

瞼は気の毒なほど硬く閉ざされて、エラによってかき出された我慢汁は、後退するたびに唇の端からこぼれ出る。

慎吾の位置からだと死角になるが、恵里菜はきっと顎までベタベタだろう。加えて口の中では、水音がグポッヌポッと粘度を増す一方だ。

「……ストップ、ひとまずストップっ！　我慢するなって言っただろ……!?」

慎吾は恵里菜が下がったときを見計らって、彼女の頭を押し留《とど》めようとした。

恵里菜もかかる力に逆らわない。彼女がペニスを吐き出せば、案の定、口元へは粘液が纏わりついて、亀頭との間に太く透明な糸を引いた。

「でも私、最後まで……やりたいんですっ……！」

彼女の眼差しは眼鏡の奥で、憑かれたように色っぽい。慎吾もつられて指の力を緩めてしまう。

とたんに恵里菜は半端な戒《いまし》めを振り払った。改めて肉幹を咥え、顔の角度を傾けて、頬の裏まで慎吾へ押し当ててきた。

「んぶぷっ、ひ、ふぅうぐっ！」

ほっそり綺麗だった顔の輪郭が、内側から持ち上がる。

しかも、彼女はそこから上体ごと突っ込んできて、頬の粘膜でズリズリと亀頭を擦り立てた。

「み、ずぉっ!?」

慎吾も弱点と口腔粘膜が溶け合う心地だ。視界で白く火花が飛び散り、気遣いの念すら途切れかける。

しかも、恵里菜はさっきと同じく、突進を往復に切り替えた。となれば、亀頭も前に後ろにしごかれて、煮崩れせんばかりに悩ましい。こんなことを続けられたら、ペニスが保《も》たない。現に根元が突っ張って、子種がグイグイ集まってきている。

「ぐっ、つぉっ！　水本さんっ……俺っ、イクっ、このままだとっ、イキそうなんだ！」

慎吾はかろうじて、意味のある言葉を吐き出せた。

もっとも、呼びかけられた文学少女は、舌まで大胆に躍らせる。

口腔内を我慢汁でコーティングされて、摩擦にはいよいよ遠慮がなかった。竿の表皮の伸縮も途切れさせまいと、口元の締まりまで強くする。突き出された唇の変形ぶりは、今やひょっとこさながらだ。

「ふぶぅうふ！　ひおっ、えぐっ、うぐぅんっ！　おっ、あふっ、くぶ、ぅほぉお！」

「お、俺っ……こんなっ、どこまでっ!?」

慎吾は想像力の限界を思い知らされた。小説を書いているときは、フェラチオがここまで衝撃的なんて思わなかった。

そんな敗北感に苛《さいな》まれながら、とうとう尿道が開ききるのを感じ取る。粘膜の道は精子の重みでいっそう拡張されて、もはや絶頂を食い止めるなど叶《かな》わない。

「出るっ、もう出るっ……！　ぐっ、水本さんの口の中でイッて……いいのか!?」

「えぅっ、ふぇぅうんっ……へ、へんぱいっ、だひへっくだっ……ぁおぅううんっ！」

恵里菜も両腕を慎吾の腰へ絡ませた。結果、フェラチオに格段の勢いが乗って、はち切れそうな亀頭を口蓋がグニッと受け止める。

燃え上がるような衝突は、慎吾にとって決定的なとどめとなった。

「で、でっ、出るうぅおっ!?」

汁まみれの怒張は激しく震えだし、熱い場所へ閉じ込められたまま、多量のスペルマをぶちまける。

ここまで頑張ってきた恵里菜も、濁流の勢いには勝てない。いっぺんにペニスを吐き出した。

「ひぅぶふっ！　うあっ、あぇっ……く、けほっけほっ……ぉあ、ぶ、ぅえっ……！」

食道まで塞がれかけたらしく、彼女は口元を押さえてむせはじめる。

そこへ追加の子種が飛びかかり、眼鏡に、額に、黒髪の生え際に、斜めの白いダマを作った。

慎吾も後輩の苦しみを目の当《ま》たりにしては、多幸感に浸ってなどいられない。慌てて椅子から降りて、恵里菜の背中をさすって呼びかけた。

「水本さんっ……今、水持ってくるからなっ⁉」

しかし、コップを取るために立ち上がりかけると、当の恵里菜に呼び止められた。

「だ、だい、じょ……ぶ、です……っ。私っ……先輩に隣にいてほしっ……けほっ！」

懇願されて、慎吾もひとまず座り直す。水を飲ませる代わり、もう一回、後輩の背中を撫でてやる。

やがて、恵里菜の咳はだいたい鎮まった。彼女は二枚のレンズへ汚濁をへばりつかせたまま、取り繕うような苦笑いだ。

「あ、ぁはっ……私、目の前が真っ白になっていますねっ……。最後までちゃんとやろうとしたのに……失敗してしまいました……」

「俺のほうこそ、加減できなくて悪かった。その、水本さんの顔にまで……」

「いいんです。ちゃんと濡れティッシュ、持ち歩いていますから……っ」

恵里菜はそこで眼鏡を外し、汚れ具合を確かめるように覗き込んだ。

図らずも、恵里菜の素顔を再び目撃して、慎吾はドキリとさせられる。

とはいえ印象は、一回目とだいぶ違った。今度は汗ばみながら紅潮したところへ、濁った精子がベッタリなのだ。

「本物の精液って糊みたいにネバネバなんですね……。勉強になりました……」

場所がテーブル下だけに、周囲の通気だって悪かった。子種の生臭さだけでなく、我慢汁の水っぽさ、果ては恵里菜から発散される匂いまで、散らされることなく籠《こも》りつづける。

今、体験した悦楽は紛れもなく現実と――夢でも空想でもないと、慎吾は五感の大半を通して、強く実感させられたのだった。


ほどなく恵里菜は顔と眼鏡を拭き清め、口を水道水ですすいだ。とはいえ、髪型などはちょっと手で整えただけだから、あちらこちらに官能的な乱れが残る。

慎吾もズボンを穿き直したものの、いまだ衣類の擦れる感触がこそばゆい。

「私……そろそろ帰ります」

「えっ」

突然の恵里菜の言葉に、慎吾は思わず彼女を見据えた。

まだ告白の返事をできていない。これではただ、一方的に尽くしてもらっただけだ。

しかし、後輩の美貌には、どこかすっきりした表情が浮かんでいた。やりきった感と言ってもいい。

答えは——しばらく待ってくれるということか。

「なら、マンションまで送るよ」

慎吾はせめてそう申し出た。

しかし、恵里菜も首を横に振る。

「私なら大丈夫です」

「そうはいかないって。俺に送らせてくれ」

「いいんです。あの……実は気持ちがまだ滅茶苦茶で、先輩といたら、歩きながら抱きついてしまいそうですから……」

続くはにかみの微苦笑に、慎吾は内心を見抜かれた気がした。彼もまた、恵里菜へ飛びつきたい衝動を胸に抱《かか》えている。これでは送り狼となりかねない。

「……そ、そうか、うん」

仕方なく引き下がると、恵里菜が頭を下げた。

「先輩……今日は私の気持ちを受け止めてくれて、ありがとうございました」

「いや、まあ……」

確かに強引ではあったが、慎吾も流された身だ。あれこれ言う資格はもはやない。

彼が思いを持て余していると、恵里菜は顔を上げて、囁《ささや》くように付け足してきた。

「もし私を彼女にしてくれるなら……今日よりすごいこと、いっぱい頑張りますね」

「う、えっ……!?」

「おやすみなさい、先輩……っ」

彼女は挨拶と共に踵を返し、小走りでダイニングキッチンから出ていく。

慎吾はそれを棒立ちで見送るしかなくて——一分ほどすると、ドアの開け閉めされる音が、玄関から伝わってきたのであった。

第三章　夕暮れの教室で

――月曜の放課後、慎吾は図書委員として、本の貸し出し当番を割り振られていた。しかも恵里菜と二人きりでだ。

告白、生のフェラチオ、どちらもインパクトが大きすぎて、さすがに昨夜は執筆どころではなかった。

とはいえ、恵里菜へどう応じるかなら、もう決めている。

ぜひ付き合いたい。それ以外ありえなかった。

恵里菜は後輩としても異性としても、最高に可愛いのだ。失う怖さだって、すでに思い知り、彼女が逆レイプじみた真似へ走った原因も見当がついてきた。

(気持ちを伝えた直後に、妹さんばっかり持ち上げてれば、そりゃあ……な)

それでもいざ恵里菜と並ぶと、平静でいられない。あとは自分の一言ですべていいほうへ向かうとわかっているのに、腋の下に汗が浮いてしまう。

恋心を言葉に変えた恵里菜の勇気を、改めて尊敬したくなった。

今だって、彼女は動揺を微塵も見せていない。カウンターの内側に立ち、人当たりよく作業をこなしつづけている。

「……はい、どうぞ。返却期限は二週間後です」

また一人分、本の貸し出しを完了だ。

（告白の答えがまだだってのに……俺といっしょで平気なのか……）

いくらなんでも肝が据《す》わりすぎてはいないかと、慎吾は途中から何度か首を捻《ひね》りかけた。

その視線に、恵里菜も気づいたのだろう。手が空くと、静かなアルカイックスマイルを返してきた。

「どうかしましたか、先輩？」

「いや、まあ……うん……」

「これぐらいの利用人数なら、私一人でもこなせますし……調子が悪いときは、無理せず休んでくださいね？」

「大丈夫だよ、俺は……」

「それと……私、返事は急ぎませんから……」

「っ⁉」

恵里菜は毎回、大事なことをサラリと告げてくる。

しかし慎吾だって、もう待たせたくなかった。ロマンチックなムードを狙っても滑りそうだし、恵里菜を見習って、さりげなく切り出すほうがいいだろう。

(よし、伝える。この場で答えよう……！)

慎吾は覚悟を決めた。正面の棚を眺めながら、口を開いた。

「なあ、その返事のことなんだけどさ」

「は、はい……っ」

とたんに、恵里菜が制服姿を強張《こわば》らせる。

何でもないふうを装いながら、彼女も緊張していたらしい。

それがわかるや、慎吾まで舌が固まった。

(言え……早く言えっ……！　言うんだっ！)

不甲斐ない己を、彼は叱りつける。

と、この土壇場へ、まったく別の声が割り込んできた。

「こんにちはーっ。図書室って意外と空いてるんですね？」

「えっ!?」

突然のことで、心臓を鷲掴《わしづか》みされた心地だ。弾かれるようにそちらを見れば、廊下と繋《つな》がる戸を開けて、一人の女子が図書室を覗き込んでいる。

「げっ……妹さんっ!?」

「あー、可愛い後輩相手にその反応、酷すぎじゃありませんかぁ、セーンパイ？」

あどけない顔にコケティッシュな笑みを浮かべ、カウンターまで近づいてくるサイドポニーの美少女は——恵里菜の年子の妹で、慎吾を惑わすもう一人、水本麗佳だった。

「あたし、センパイの小説を読み返してたら、読書欲がいつも以上に湧いてきたんですよ。だけど、今月はお小遣いがピンチで……お気に入りの本は手元へ置きつづけたいし、あんまり図書室は使わないいんですけどねー。まあ背に腹は代えられないってやつですか」

（……それ、絶対に嘘だろ）

正面に立って笑う麗佳へ、慎吾は内心で突っ込む。

百歩譲って、官能小説に対する興味が芽生える程度ならあるかもしれないが、そのときは同じサイトで他の作品を漁《あさ》ればいいだけだ。

麗佳の本当の目的は、恵里菜に用事とか、そのあたりだろう。ついでに慎吾がいると知って、からかおうと思いついたか。

（けど、このタイミングで……）

彼女も悪い後輩ではないと、すでに直感している。しかし大事な場面に水を差されれば、慎吾だって恨めしい。

「何か、探したいジャンルはあるのか？」

とりあえず尋ねれば、麗佳は唐突に思いがけない行動へ出た。慎吾の右手を、小さな両手で包んだのだ。

「お……!?」

初対面の際にも似たことをされているが、麗佳の肌の張りは健康的だし、一回や二回で慣れることなどできない。

恵里菜も横で切なげに息を飲む。

「あっ……」

この姉妹からの刺激が呼び水となって、慎吾はエロ小説を読み上げられたこと、ダイニングでされたことまで、芋づる式に思い返してしまった。

ズボンの下、ペニスも太く膨張しかける。

（まずい……！）

慌てて身を引こうとすると、彼より先に我へ返ったらしい恵里菜が、脇から手と口を出してきた。

「い、今は駄目！　図書委員の仕事中っ！」

いつにない強引さで妹を引き剝がす彼女の表情は、慎吾の位置からだとよく見えない。だが何やら思いつめた声色《こわいろ》で、向き合う麗佳も少し笑みを引きつらせる。

「いやリナ……駄目って言われても」

「……いくらレイでも、駄目なんだからねっ!?」

「あのね、リナ」

「駄目っ！」

このままだと、図書室が修羅場に変わりそうだ。

慎吾はとっさにもう一度、図書委員としてのセリフを吐いた。

「あ、ええと、本を借りに来たんだよなっ？　目当てのジャンルが決まってるなら、場所を教えるぞ？」

恵里菜の気迫によって、勃起の予兆は失せている。

麗佳も口をパクつかせてから、ぎこちなく笑みを蘇《よみがえ》らせた。

「んー。一番読みたいのは、センパイが書いたみたいなヤツですかねー」

「言うと思ったよ……」

この期《ご》に及んで、まだこちらを翻弄したいようだ。

恵里菜が再び硬い声を吐く。

「そういう本はここにはないってば。レイだってわかってるんでしょ」

「あれ……？　センパイの小説のこと、リナも聞いちゃったんだ？」

「うん、だから私の前で先輩を困らせようとしても、無駄だからね……？」

姉の牽制に、麗佳が頬を膨らませる。それから慎吾へ目線を戻した。

「だったらセンパイがこっちに来て、お勧めの本を教えてくださいよ。今なら時間あるっぽいですし」

「本なら私が探してあげる。姉妹で好みがわかりやすいものっ」

「リナじゃ駄目だよ」

麗佳は申し出を一蹴だ。

「だってお互い、推す話が偏っちゃうじゃん。センパイに教えてもらうほうが、新しい発見とか期待できるし？　ね？　ね？」

「でも……っ」

「面白い物語に出会うチャンスまで邪魔しちゃったら、リナはもう自分を本好きだなんて、胸を張れないんじゃないかなー？」

「……！」

とたんに恵里菜が硬直してしまう。慎吾からすれば乱暴な理屈だが、姉妹の間では大事な一線だったらしい。

彼女は俯き加減で、しばし小刻みにプルプル震えた。やがて苦渋の決断めいた表情を慎吾に見せた。

「先輩……ここは私が受け持ちます。レイに、本を選んであげてくれませんか……？」

「おうっ……」

こんな悲壮な雰囲気で頼まれたら、慎吾も頷く他になかった。

「……小説のコーナーはこっちだよ」

慎吾は麗佳を本棚へ案内しながら、落ち着かなさが復活していた。

今日も目につく生徒は多くない。その分、麗佳と二人なのを意識させられる。

さっきの振る舞いだって、彼女は度を越していた。今頃カウンターで、恵里菜がやきもきしているはずだ。

(姉思いのいいヤツっていうのは、俺の勘違いだったのか?)

ちょっと寂しかった。

ただ、周りに遠慮する必要がないと、普通の声調で会話しやすい。「図書室内ではお静かに」と貼り紙がある横で、慎吾は改めて尋ねてみた。

「……妹さんはどんな本を読みたいんだ? 参考程度の意見は出してくれよ?」

「そうですねー」

麗佳は人差し指を口元へ当て、目線を四方へ彷徨《さまよ》わせる。いかにもあざとい仕草だが、続けて浮かべる笑みはニンマリと、悪ガキっぽかった。

「面白くて、勉強になって、悪霊みたいなオカルト要素とか、熱い三角関係とかもあって、人へ話すには恥ずかしいラブシーンまでバッチリな話ですかねー」

「……源氏物語に一から手を出すか?」

「あ、サラッと読みやすいって要素も追加します」

「俺をからかってるだろ?」

慎吾が軽く睨むと、麗佳もチロッと舌を出した。

「んふふっ、ちょっとだけ。図書室に来たのは、本を借りるためじゃなく、センパイと話をしたかったからなんです。ここまでは全部、前振りですね」

それから彼女は、わずかな人目すら避けたがるように、図書室の奥へ進みだした。生意気な表情も後頭部に隠れ、慎吾を先導する格好だ。

「先に一つ質問なんですけど……悪いイメージを持ってた相手と会ってみたら、実はいい人だったって経験、センパイはあります？　そういうときって、印象がガラッと変わって、信用度が上がりやすいと思うんですよ」

「ラブコメあたりでたまにあるよな。『捨て猫に優しくする不良』みたいなヤツだろ？」

「そーですそーです。やっぱり本好き同士は、話が通じやすくていいですね」

「まあ……俺も多少なら心当たりがあるか」

具体例を聞かれてもすぐには思い浮かばないが、漠然とした共感ぐらい持てる。

次の瞬間、麗佳は歩みを止めて、クルリと向き直ってきた。

「……今の話、あたしとセンパイにも、当てはまると思いません？　ほら、あたしってばセンパイをストーカーかと警戒してましたし」

「そ、そう、か……？」

慎吾は頷《うなず》く寸前、とっさに思い留《とど》まった。認めてしまえば、何かの地雷を踏む気がしたのだ。

そこへ麗佳が距離を詰めてくる。

「ちょっ、妹さ……っ」

慎吾が呼びかけた次の瞬間、彼女はフワッと抱きついてきた。

肢体は細く、小鳥の羽さながらに軽い。肩も、腕も、骨なんて入っていないようだ。

一方、バストにだけは愛くるしい盛り上がりがあって、慎吾の鳩尾《みぞおち》近くを柔らかく押す。

「嘘だろっ⁉」

慎吾はもはや、頭の中が真っ白だった。そのくせ、股間は意思と無関係に膨らみだしてしまう。

「んあっ、センパイ……！」

麗佳の声が揺らいだのも、竿の硬さを感じたからだろう。

だが彼女は、逃げるどころか、逆に熱っぽく囁きかけてきた。

「……エッチな小説書くぐらいだし、センパイもこういうシチュエーションは嫌いじゃないんですよね？　あたし……作中のプレイを試したら、どんな気分になるか……

わりと興味出てきてます。センパイとなら……いいかなって」

「頼むから離れてくれっ。さすがにやばい……！」

慎吾は麗佳の二の腕を摑み、なんとか引き離した。

見下ろせば、麗佳も肌を紅潮させて、数段増しで色っぽくなっている。

「あたしは大いに本気ですよ？　小説の続きだって、楽しみにしてますからっ」

彼女は言うだけ言って、慎吾の脇をすり抜けた。慎吾も慌てて目で追うが、小柄な後ろ姿は一度も立ち止まらず、振り返らず、すぐに本棚の陰へ消えてしまう。

「訳が……わからない……っ」

慎吾は唸るしかなかった。

たとえ麗佳の中で、自分の印象がいいほうへ転がったとして、恋まで進展するなんて考えにくい。となると、今のも悪乗りの延長か。

ただ一つ、確かなこともある。

自分は心臓が高鳴りつづけ、股間まで無様に屹立しているのだ。

こんないい加減さで、恵里菜へ返事なんてできない。

己《おのれ》の気持ちを見定め直すまで、あと少し、彼女には待ってもらうしかなかった。

＊　＊　＊

こちらへ差し出された怜歌の尻を見下ろしながら、俺は右手で握った勃起チ×コの先っちょを上下させる。

後背位だと、おマ×コの位置を目で確かめにくい。

しかし、正式に付き合うようになって三カ月だ。

こいつの肉穴の位置も、挿入にぴったりの角度も、容易く探り当てられる。

怜歌の割れ目ははしたなく濡れながら、火傷《やけど》しそうに熱を帯びていた。亀頭へ当たる小陰唇の膨らみ具合も、あからさまに欲深い。

「いくぞ、怜歌……！」

セックスの手順を身体で覚えたあとだって、二人で繋《つな》がる悦びは常に新鮮だった。粘膜の端へちょっと火照りを感じるだけで、俺は潜る瞬間の期待を高められる。

逆に怜歌の声は、いつもより弱々しい。

「あのっ、せ、センパイ……っ、やっぱり場所、変えません……っ？　あたしっ……ちょっと恥ずかしいっていうか……」

首をこっちへ捻じ曲げて、いかにも心細げだ。まあ、ここがどこかを考えれば当たり前だよな。

だって、怜歌が立ったまま両手をつくのは、ベランダに面した大きなガラス戸で、カーテンは全開だし、背後の電灯も煌々《こうこう》とついている。

外は夜で真っ暗だから、こっちを見上げる通行人がいれば、裸の彼女は丸見えだろう。いくら地上三階にあるマンションの一室とはいえ、目撃される可能性はゼロじゃない。

ただ、耳を貸してやるつもりはなかった。

俺も怜歌も、サドとマゾ両方の素質があるらしい。だから責められれば感じてしまうし、責めるときは意地悪くなれる。

「今さらだろ？　お前、教室で俺にちょっかいかけてきたことがあるじゃないか」

「あれはっ……せ、センパイの気を引きたくてっ……それだけで頭がいっぱいだったから……っ」

「今は違うのか？」

「いっ……」

怜歌も身じろぎへ、被虐的な昂《たかぶ》りを滲ませた。だから言葉に詰まったあと、すがるように目じりを下げる。

「センパイのこと、前よりもっと大好きですよっ……。ずっとずっと独占しつづけたいって、いつも考えてます……っ」

その一途《いちず》な返事に、俺はもう抑制が効かない。

力強く腰を突き出して、ぶっとい肉棒を怜歌の奥まで突き立ててやった。

ズブズブッ、ジュグブゥウッ！

「ひっ、ぅふぎっ!?」

荒々しい挿入によって、怜歌の訴えは断ち切られた。それどころか、外まで聞こえそうな甲高《かんだか》さの悲鳴へ早変わりだ。

「ふあぁあっ！　や、はぁあんっ！　駄目っ、駄目ぇえっ!?」

「いきなり大声だなっ！　それじゃ本当に人目を集めちまうぞっ！　道路からも周りの建物からも視姦されまくりだろっ!?」

「や、あっ、あぅうんぅっ！」

言葉責めを受けて、怜歌は喘ぎを飲み下そうとする。

だけど俺だって容赦せず、荒々しいピストンで愛液を外へかき出した。床にボタボタと水たまりを作り、子宮口も連続で突き上げる。

ズブッ、ジュボッ、グプッ！

もちろん、怜歌の裸を他の誰かに見せるなんて真っ平だ。しかし彼女の可愛さを、誰かれかまわず自慢したい気持ちだって湧いてしまう。

怜歌も口では駄目と言いながら、チ×コをみっちり咥え込んでいた。すでにすっかり開発済みの彼女だ。アソコのサイズはきついままなのに、亀頭や竿に押し当てた肉の壁を、ねっとり脈動させている。

「ひぅうんっ！　やぅっ、あっ、くっ、ぁううんっ！」

彼女は首を後ろへ曲げる不安定な体勢を続けられなくなって、ガラス戸のほうへ顔を戻した。

ただし夜のガラス戸は鏡も同然だ。肉穴を突かれてタプタプ揺れる胸も、いやらしく蕩けきった顔も、俺は十分見て取れる。

特に怜歌のよがる表情ときたら——。

＊　＊　＊

一瞬、見たこともない麗佳の乱れ顔が、妄想の怜歌へかぶさって、慎吾はキーボードを叩く手が止まってしまった。

仕方なく、一分ほど深呼吸したあとでモニターを見据えるが、散ってしまった集中力は戻らない。

(今夜は終わりにする……か?)

実はここまで文を綴る間も、図書室の会話が頭で燻《くすぶ》っていたのだ。

一昨日の執筆の際は、麗佳の悪ふざけがいい刺激となった。だが、今や麗佳と怜歌が重なりすぎる。麗佳をヒロインにエロ小説を書き進め、モニターの向こうで愉しんでくれる人たちに差し出しているような後ろ暗さまで、慎吾は抱いてしまった。

(しばらく怜歌の話から離れようか? サブヒロインも登場させて、ハーレム展開にしちまうとか……)

だが思案の途中から、今度は恵里菜の笑顔が思い出された。

——アウトだ。フェラチオしてもらったことだって記憶に新しいし、新キャラを出すとなれば、絶対に恵里菜の影響が出てしまう。

慎吾はお手上げの気分で、背もたれへ寄りかかった。

ただ、本日もペニスは隆々とそそり立っている。我に返った現在、亀頭の悩ましさは凄まじい。

仕方なく、慎吾は文書ファイルを閉じることにした。しかし、カーソルを動かそうとした矢先、机にあったスマホが着信音を立てた。

「うおっとっ？」

突然の大音量に、二の腕が強張る。速まる動悸を堪えてスマホを取り上げると、見慣れないアドレスからメッセージが来ていた。

『センパイ、リナのことで話があります。明日、図書委員の仕事が終わったら、一年三組の教室に来てください。夕方なら誰もいないと思います』

一瞬、スパムメールかと疑ったが、こちらの事情を的確に突いている。

間違いない。これは本当に麗佳からだ。

恵里菜が彼女へ連絡先を教えるとは思えないし、おそらく別の友人から聞き出したのだろう。

「まったく……俺の個人情報はガバガバか」

誰とも知れない口の軽い犯人へ、文句を漏らす慎吾であった。

翌日、慎吾は呼び出しに応えて、一年三組を訪ねた。

鳳賢学園の図書室は、原則的に五時で閉めることになっている。それからあと片付けまで済ませれば、時刻はさらに三十分近く進んでいた。

すでに窓の外では日が沈みかけだ。こうなると真夏と違って、夜が訪れるのも早い。慎吾が足を踏み入れたこの校舎も、もう人の姿は見当たらなかった。

そして思ったとおり、電気もつけずに暗い教室で待っていたのは麗佳だ。

慎吾が無言で窓付きのドアを開けると、微かな音を聞きつけて、パッとあどけない顔が上がる。

「遅いですよ、センパイ。すっぽかされたかと思いました」

麗佳はスカートの裾が捲れかけるのも意に介さず、窓際の机に腰かけていた。今日も黒髪をサイドポニーに纏《まと》めて、学校指定の制服――白ブラウスとチェック模様のスカート、さらにノースリーブのスクールベストを着ている。

もっとも、沈みかけの夕陽が逆光となって、ドアからだと、細かな表情が読みづらかった。

これからいったい何を仕掛けられるのか。外界と隔絶されたような気分も強まって、慎吾の鼓動は早鐘のように打っている。

しかし気張って、自然体を装う。

「……図書委員の仕事をしたあとだと、これぐらいの時間になるんだよ」

「なるほどですねー。ま、立ち話もなんですし、中に入ってドアを閉めてください」

「ここは君の家か？」

突っ込みながら言われたとおりにすると、麗佳も机から飛び降りて、足早に寄ってきた。

「センパイ、まずはごめんなさいです。用事はリナのことじゃないんですよ」

「……だろうな」

この点はさほど意外ではない。本題となるのは、やはり昨日の続きだろう。

図書室での振る舞いすべてが冗談だったら、慎吾も気が楽だ。

逆に可能性が低いとはいえ、本気だったときは……。

(断らないと、だよな……)

麗佳が悲しむ瞬間を思うと、慎吾は意外なほど胸を締めつけられた。

やはりこの後輩には、強気な笑顔が似合う。

(……いや、まだ考えるのは早い。ちゃんと話を聞いてからだ)

彼は口元を引き締めた。

そこへ麗佳が大きな瞳を向けてくる。いくら日没間近でも、この近さなら互いの表情を見逃がしようがない。

「夜の学校で内緒のエッチをしちゃうエピソードも、センパイの小説にありましたよね。ちょっとぐらい期待しちゃってます？」

「あれはフィクションだよ。実現するなんて考えてない」

「ノリが悪いですねぇ。あたしはほんとに……本っ当にっ、センパイに恋しちゃったんですよ？　彼氏になってくれるなら、あたし、たいていのリクエストに応えます」

麗佳は笑みを大きくしつつ、しかし眼差しが祈るようだった。

このわずかな変化に、慎吾も確信させられる。

告白は——断じていたずらではない。

だが、答えならもう決まっている。慎吾は腹筋へ力を籠めた。

「俺さ……先に他の女子から告白されているんだ。その子と付き合うことになるはずだから……悪い。浮気は……できないよ」

「相手はリナですか」

麗佳が小さく笑う。

「日曜の夜から、リナの様子がおかしいんです。リナと食事した『友だち』っていうのも、センパイのことなんですよね？　そのとき、リナから告白されたとか」

まさしく図星だ。たじろぐ慎吾へ、麗佳はさらに半歩ほど距離を詰めてきた。

「付き合うはずってことは、センパイもまだ返事してないわけですよね？　なら、こっちにもチャンスをくれなきゃフェアじゃないです。リナがリードしてる分を取り戻すためにも、あたし、いっぱいサービスしますよ。たとえば……こんなふうにっ」

麗佳はいきなり背伸びして、花びらみたいな唇を慎吾の左頬に触れさせる。

――チュッ。

「お、あっ……何をっ!?」

慎吾が飛びすされたのは、一拍以上も遅れてからだった。昼に続いて二度目の接近なのに、まったく対応できなかった。

これも合気道仕込みの身のこなしか――。

ともあれ、麗佳も顔が真っ赤に染まっている。

「センパイ……日曜の夜、リナとは何をしたんですか？」

そんなの教えられるわけがない。だが口を噤《つぐ》むと、かえっていろいろ伝わってしまったらしい。

「……人に言えないエッチなことまでやっちゃったんですね？　手と口で、とか？」

「違う。水本さんは何も」

「バレバレですよ。実はあたし、勉強会のあとでリナへ言っちゃいました。『あたしもセンパイが気になってきた。ごめんね』って。だから、リナは焦ってるはずなんです」

それでか……。

慎吾はようやく腑に落ちた。

最も身近な相手が恋敵になりかけているからこそ、恵里菜は晩御飯を作ると言いだした。慣れない口淫までやってくれた。

反面、帰りを待つ麗佳へ遠慮が残り、マンションまで送られることは辞退した。

「だから、あたしも凄めなことをします。リナにされたのとどっちがよかったか、ちゃんと比べてから返事をください」

「んなこと、できないって……っ」

答える慎吾の喉は干上がっていた。なのに、股間へは血の集まる気配がある。

「だいたい、どうしてそこまで行動できる？　俺と会うのは、まだ三回目だろ？」

「理由ならいろいろありますねー」

歌うように、麗佳が指折り数えだす。

「読書家同士、気が合いそうだから。いたずらされても怒らないお人好しだから。相手をいいほうに解釈する優しさが素敵だから。リナも知らないあたしの一面を、いつか引き出してくれそうだから。あと……センパイの小説、だいぶ気に入っちゃいましたしね」

　そこでパッと手を広げ直し、後ろめたそうに苦笑いだ。

「横入りみたいな真似していいのか、あたしも迷ったんですよ？　でも、こっそり躊《た》躇《めら》って、気持ちに蓋するなんて、らしくないですし。結果は変えられないまでも、一度ぐらいズバッと発散させてください」

　きっと、この奔放さの大部分が、彼女の仮面なのだろう。奥には純で不器用な気性が秘められている。

「センパイ、昭和の本で見たことありません？　据え膳喰わぬは男の恥とか、昔の人は言ったらしいですよ？　リナと付き合う前なら、まだ浮気じゃありません」

「せ、せめて……場所を変えないか？」

　とっさに答えたあと、慎吾は似たセリフを昨日、怜歌へ言わせたばかりだと思い出した。

　加えて、自分が完全にほだされたことを悟る。もはや、拒絶する気になれないのだ。

　麗佳も首を横へ振る。

「この教室でやりたいんです。そうすれば特別感が出て、あたしの勝率もちょっとは上がるでしょ？」

窓際へ立たされた怜歌と反対の、きっぱりとした態度であった。

結局、求められるがままに、慎吾は教室の奥に立った。校庭に面した窓枠へと、広い背中を押し当てる。

「……これでいいんだな？」

こうなると位置関係まで、昨日書いたエロシーンと近い。とはいえ、電気は消したままだから、外から見られる危険は低かった。

むしろ、気をつけるべきは廊下のほうだろう。ドアにも小窓がついている。見回りの教師が来たら、かなり危ないはずだ。

もっとも、ペニスはさっそく勃ちかけて、ズボンを下から持ち上げていた。

麗佳も照れ隠しのように、からかってくる。

「センパイってば、仕方なくって態度だったのに……始める前からこれですか？」

「……チ×コってのは簡単なきっかけでこうなるものなんだよ」

我ながら言い訳がましいと、慎吾だって思う。だが、若いペニスがうたた寝だけで大きくなるのも、厳然たる事実だ。

ましてニ日前、彼は女子からいろいろされる気持ちよさを覚えてしまった。もはや真っ当な緊張までが、勃起を促《うなが》すスパイスとなる。

麗佳も咳払いしたあと、素ぶりをソワソワしたものへと変えた。

「まあ考えてみれば……早くそうなってもらったほうが好都合なんですよね。センパイ、ズボンの中身、見せてくださいよ」

「ん……わかった」

慎吾は開き直った気持ちで、ベルトへ手をかけた。バックルを外し、ズボンのホックとファスナーも開いた。

とたんに緩んだ腰周りが滑り落ちかけて、反射的に左手で縁を摑む。

(いっそ下はパンツごと全部脱ぐか?)

そんな発想が頭をよぎった。

だが、誰かが教室に接近したとき、下半身丸出しでは身なりを正すのが間に合わない。不格好でも、このままやるほうがよさそうだ。

そう考え直して、慎吾はズボンを押さえたまま、自由な右手で脚の付け根までトランクスをずり下げた。

これで半勃ちペニスが、夕暮れの教室に登場だ。

しかも肉幹は外へ出るなり、サイズを増しはじめた。樹木の成長記録を早送りするように、ほんの数秒で太さを増して、角度を変えて、最大サイズまで行きつく。

竿は節くれだち、表面に血管を浮かせた。丸っこい亀頭は、緩んだ鈴口を天井へと向けた。黒々縮れた陰毛と大きな玉袋も、牡の浅ましさを強調だ。

「こ、これが……センパイのおち×……なんですね……」

麗佳は強がることも忘れ、マジマジと肉幹を見つめる。

「けっこうグロいだろう？」

慎吾が自虐的に声をかけると、彼女はサイドポニーの髪がブンブン躍るほど、激しく頭を振った。

「いーえっ、これぐらいっ……前に読んだホラー小説のゾンビより、ずっと親しみやすいですすっ」

「嫌なものと比べるなよ……」

「とにかく始めますからっ」

弾みをつけるように、麗佳は床へ両膝をついた。さらに亀頭へ目線を注ぎ直して唾を飲む。右手もおっかなびっくり持ち上げて——チョンッ、チョンチョンッ。

白魚のような指先で亀頭に触れた。

「くっ……！」

様子を探るささやかなタッチだろうと、張り詰めていた牡粘膜は、欲深く刺激を吸収する。慎吾はのっけから身じろぎさせられて、逆に麗佳は度胸がついたらしい。

「センパイ、気持ちよかったら我慢しなくていいですからね？」

「……そっちこそ初めてっぽいし、無茶しないでくれよ？」

「心配ご無用です。あたし、たいていのことは上手《うま》くやれますからっ……」

声の端々にふだんと近い張りを持たせ、彼女は人差し指の腹で怒張をなぞりだす。我慢汁の補助がないにもかかわらず、愛撫は縦横無尽に走り回った。慎吾の背すじのほうへまで、甘い痺れを届かせた。

「ふ、ん……っ！」

慎吾は腰の揺らぎを抑えたくて、太腿を硬くする。するとよけいに股間が前へ出て、鈴口が麗佳の鼻先へ突きつけられた。

「きゃっ!?」

麗佳が素に戻って、愛くるしい悲鳴をあげる。

「センパイってば……いきなり寄せてこないでくださいよ……っ」

彼女のペースは、微妙なバランスで保たれているらしい。

とはいえ文句を垂れながらも、麗佳は左手で竿の部分を握ってくれた。

「お……ぉっ……！」

慎吾もさらなるくすぐったさに見舞われる。ただ、ペニスの位置が定まったため、下半身が勝手に跳ねることはなくなった。快感も行き場を求めるように強まって、我慢汁を鈴口まで押し上げる。

「ぁはっ……透明なおツユが出てきました。小説どおりですね……っ」

麗佳の指が、亀頭の切っ先へと移された。今度は円を描く動き方で、縦長の穴へ集中攻撃だ。

「お、くっ……ふっ……！」

慎吾は指遣いだけでなく、自分で分泌する卑猥なヌルつきにまで悩まされだした。もはや感触はこそばゆいどころではなく、指先で肉穴をこじ開けられかけるたび、ビリッビリッと鈍痛が入り混じる。

しかし、それすら性感を高める一因となった。肥大化しきったはずの竿も、麗佳の手の内でさらに伸び上がろうとした。

このままだと射精へ行き着くことなく、我慢汁を延々と搾られそうだ。

まして剛直のみっともない反応を、麗佳から熱心に観察されつづける。

「わ……先っちょの穴が、さっきより大きくなってるみたいですよ、センパイ」

「う、うるさいな……！」

立ちっぱなしがきつくなるほど、慎吾は恥ずかしい。

そこへ後輩の確認だ。

「十分に濡れたら……次はしごく動きがいいんですよね？」

「……そう、だな……っ」

ギクシャク頷けば、麗佳は「ふふっ」と悪巧みめいた含み笑いを見せる。

「やってほしかったら、あたしにお願いしてみてくださいよ。どうかしごいてください、麗佳さんって」

周囲の夕闇が濃くなりつづけるせいで、彼女の頬がどれだけ赤らんでいるか、慎吾にはわからなかった。声の響きは甘えるようでもあって、実はどさくさ紛れに自分のファーストネームを呼ばせたいだけかもしれない。

せっかくなので、彼はそれに乗っかることにした。

「ああ、うん……しごいてほしいよ、麗佳さんっ……！」

低い声で応じれば、麗佳は大きく身震いだ。

「んっ……センパイ……ってば、素直すぎます……っ」

ここまですんなり頼まれるなど、想定外だったのだろう。彼女は忙《せわ》しなく目線を泳がせた。

「あ、あたしのことは、呼び捨てでいいです……っ。名前に『さん』付けだと、距離感がバグりそうですよっ」

強がるように言って、右手を竿の真ん中へずらす。さらに元からあった左手と組み合わせ、怒張をしごくためのしなやかな筒を形作る。

あとは片道ごとに重みを乗せつつ、立て続けに往復しはじめた。

「んっ、んんっ、んっ……！」

しごくのと同じリズムで息遣いも弾み、いかにも手コキへ一生懸命だ。

ともあれ、麗佳は手を下げるたび、陰毛の生え際まで真っすぐ走らせた。伸縮性がある竿の皮はもちろん、道連れにした亀頭とエラも、限界まで引っ張り下ろした。

おかげで慎吾の牡粘膜は、見えない何かで圧《お》されたように疼きまくる。

逆に上がる動きとなると、亀頭粘膜が緩む反面、両手の縁がカリ首を熱く押した。

敏感な牡肉の段差では、隙間なく痺れが炸裂で、すでに多かった我慢汁も、グチュリッ、ブチュッニチュッ――竿まで垂れたところを手のひらで薄く擦り潰される。

愛撫は揉み洗いじみてきて、麗佳が吐いた出だしの自慢――たいていのことは上手くやれますから――が、実効を伴《ともな》って証明していた。

彼女は褒めてほしいといいたげに、のぼせた慎吾を見上げてきた。

「これぐらいやっても痛くないんですよねっ？　我慢、してないですよねっ？」

「大丈夫だっ……それぐらいしてもらうのがっ、気持ちいいんだっ！　麗佳っ！」

子犬みたいな目つきにつられ、慎吾も素直に答える。とたんに麗佳がビクッと竦んだ。

「よ、呼び捨てにされるのも、ちょっと変な感じですね……っ」

「じゃあ……元どおりに」

「そんなの却下ですっ。ちゃんと恋人候補っぽく呼んでくださいっ！」

彼女は奉仕をスピードアップさせた。おかげで怒張の表皮もはち切れんばかりに伸縮し、背筋まで駆け上る快感に、慎吾は意識を炙《あぶ》られる。

「のあっ、おぉおっ!?」

単に手で握って男根を擦るだけならば、彼だって自慰のときにやっていた。

だが麗佳の指は男子より遥かに繊細で、手のひらだってスベスベしている。ちょっと図書室で触れ合うだけでさえ、牡をドギマギさせる危険な代物なのだ。

今後はオナニーするたび、この手を思い出してしまうかもしれない。となれば、イッてもイッても物足りなさに苛《さいな》まれそうで、慎吾は少し怖くなる。

しかも勇んだ麗佳は、手首にスナップまで効かせだした。

「あんっ、やっ、センパイの……もぉこんなに濡れてっ……あたしの手の感覚まで、どんどんエッチにしちゃってますよぉっ……！」

「く……あっ……ぅぅうっ!?」

こんなやり口、小説にも書いていない。しごかれた牡肉の快感は、手首の角度が変わるたびに猛スピードで高まった。

このままだと、果ててしまうまで長くない。

「俺……そろそろ出そうだ……っ」

慎吾が教えれば、麗佳も大きく頷いた。

「イッちゃってくださいっ……！　あたしが全部っ……受け止めてあげます……！」

宣言したあとは、手のひらが亀頭まで駆け上るようになる。その勢いの源は、彼女の瞬発力だけではない。麗佳は牡汁のヌメリと、竿の薄皮の弾性まで利用して、手コキをバネ仕掛けさながらに変えたのだ。

この遠慮ないラストスパートに、慎吾も官能神経が焼き切れそうだった。

「れ、麗佳っ……お、つぉおっ……！」

彼は少しでも長く快感を味わいたくて、尿道を狭める。だが渾身《こんしん》の踏ん張る力も、竿を解されるつど、あえなく散らされた。それでもなんとか粘ろうとすれば、今度はエラを直撃されて、弾みで白濁を送り出しかける。

しかも麗佳からの、甘えるような催促だ。

「出してくださいっ、センパイ……っ！『俺』さんが二宮ちゃんへするみたいにっ……ビュルビュルッてぇっ……は、早くっ、早く……ぅうっ！」

彼女は目を閉ざし、逆に開いた唇からは、唾液のテラつく舌をめいっぱい伸ばした。そのあられもなさが顔射を望んでのことなのは、暗い場所でも間違えようがない。

慎吾も今度こそ腹を据えて、自分から肉幹を突き出した。

「ああっ、出るっ……出すよっ！　ちゃんと受け止めて、くれよっ……！」

次の瞬間、赤黒い亀頭が、カリ首が、裏筋が、最大限まで突っ張った。集まりすぎて塊《かたまり》みたいになったスペルマも、雄々しくスタートを切った。

濁流は一瞬で脆い尿道を踏破して、宙に白く弧を描く。

ビュクッ、ビュクブプッ、ドクドプドブッ！

「お、う、おおぉうっ!?」

鈴口を反転させそうな吐精と共に、焦燥は開放感に取って代わられた。しかもザーメンは望まれるがまま、麗佳の童顔へ降り注ぐ。

「ふぁあっ！　やっ、熱……ぅ、いっ……ひぅうっ!?」

生臭い粘つきを、麗佳は瞼でも頬でも従順に浴びた。さらにペニスの根元で奉仕を固定して、手の内の脈動が鎮まるまで待ちつづけた。

やがて子種が止まったら、様子を探るように間を置いて、やっと射精の終わりを実感できたらしい。

彼女は両手をゆっくり浮かせ、我慢汁がついていない甲の部分で、二度、三度と自分の瞼を拭《ぬぐ》った。目を開けられるようになるや、慎吾へうっとり笑いかけてきた。

「ビックリしましたよ。精子って本当に、噴水みたいな飛び方するんですね……っ」

「ああ……麗佳のこと、すっかり汚しちゃったな……」

慎吾も姿勢を膝立ちに変えて、残る白濁を指で拭ってやる。

「あ、んっ……」

麗佳はこれに身を委ね、慎吾の手が下がるなり、勢い任せに言ってきた。

「こうなったら……次もあたしの言ったところへ出してくれなくちゃですよねっ！」

「次って何だっ!?」

問われた彼女は真っすぐ立ち上がる。それから制服のスカートを摘まみ、根元近くまで美脚を披露した。

「あたし、お腹の奥がムズムズしてきちゃいました。このままだと落ち着かないし、センパイが、お、ぉ、おち×ちんで……っ、鎮めてください！」

「水本さんとは、そこまでしてないってっ！」

「付き合いが短い分のハンデですよっ。やれるだけやってからじゃなきゃ、センパイのこと、あきらめきれませんしっ……そのっ、あ、あたしの初めての人になってくださいっ！　ええ、思い出作り的なっ……はいっ、決定っ！」

冗談めかしてもごまかしきれない、今までで最も切実な態度だ。

この想いには慎吾も応えたくなってしまう。

いや——綺麗ごとで飾るのは卑怯だろう。

生意気少女の懇願に、心底、興奮させられた。欲望を堰《せ》き止めきれなくなった。

「……下は硬いけど、ここに寝かせていいのか？」

彼が追いかけるように立って聞くと、

「かまいませんっ、慎吾センパイっ！」

麗佳も間髪入れず、首を縦に振ったのであった。

直接横たわったら痛そうなので、慎吾はまず麗佳からスクールベストを脱がせ、枕代わりに床で畳んだ。そこへ後頭部を乗せるかたちで、仰向けとなってもらう。

顔の汚れもウエットティッシュで拭き終えて、最低限、生乾きの不快な状態にはなっていないはずだ。

「背中、つらくないか？」

念のため聞いてみれば、麗佳は艶っぽく笑った。

「はい、平気です……かまわずどんどん進めちゃってくださいな」

「そうか……っ」

逆に気を遣われたようでもあるが、慎吾はひとまず納得する。

（スカートと下着も汚さないようにした方がいいよな……）

人目に対する警戒はいっそう重要だが、穿かせたままでは、確実に卑猥な染みができてしまう。

——と考えたところで、手が固まりかけた。スカートの場合、果たしてホックはどこにあるのか。

ズボンなら腰の真ん前でわかりやすいのに、女子の制服は違う。教室内もますます暗く、チラッと目をやるだけでは見つけられそうにない。

（この辺か……？）

右手で麗佳の腰をまさぐると、ごく当たり前な布の柔らかさまで、やけに淫猥に思えた。麗佳もくすぐったそうに身を捩りだす。

「ヤンっ……センパイってば、変ないたずらしないでくださいよ……っ」

「いや、そうじゃなく……」

弁解しかけたところで、運よくホックを発見できた。

「お……！」

思わず声が出る。たったこれだけで、一歩前進できた気がする。

しかし実際は、まだスタートラインにすら立てていないはずだ。

慎吾は気を引き締め直して、慎重にホックを外した。傍のファスナーも、ぎこちなく引き下げていった。

「んっ」

麗佳にもやっと意図が通じたらしい。彼女は腰を浮かせ、動きを手伝ってくれる。

おかげであとは難なくスカートを脱がせていけた。

「……ふぅっ」

スカートを床へ置くや、再び喉が鳴ってしまう。

このテンパり具合に、見上げる麗佳は、少しだけリラックスできたようだ。

「……センパイってば、ガチガチですね」

「ここから巻き返すんだよ」

「ふふっ、頑張ってくださいね……」

励ますというにはおどけた口ぶりだが、それが真意でないことは、すでにわかりきっている。

慎吾もいよいよショーツへ手をかけた。麗佳が穿いていたのはオレンジ色の、いかにも少女らしいものだ。

「さ、早く……脱がせちゃってください……っ」

可憐な強がりにあと押しされて、慎吾はショーツを下ろしだす。とたんに小さな布切れが、引き締まった腿へ絡まった。

どうやら、かなりの量の汗と愛液を吸っていたらしい。

(俺のを弄《いじ》りながら熱くなったってのは……本当だったんだな……)

手コキ中に感じた我慢汁の匂いへは、愛液の水っぽさがだいぶ混じっていたのかもしれない。

下から現れた女性器だって、当然のごとく、びしょ濡れだった。

外側の大陰唇は色素が薄く、美脚に挟まれながら、緩やかに丘を描いている。名前の通り唇と似て、男からすれば不思議な形だ。

一方で明かりが乏《とぼ》しいため、縁取る陰毛は産毛《うぶげ》さながらで薄いのに、とても黒々と見えた。

慎吾は今すぐ電気をつけて、細部まで確認したくなる。そうすれば、小説の描写もリアルにできるはずで……。

（違う！　今はそんなことを企んでる場合じゃない！）

昂りすぎたせいか、いらないことまで考えてしまう。

この雑念を押しのけるため、できるだけ頼もしそうな声を搾りだした。

「俺、頑張るからな……っ」

「はい……ん、んんっ！」

麗佳も頷くや、肩の幅まで腿を拡げてくれた。結果、秘所の無防備さは数段増しとなる。

しかし、セックスをするにはまだ足りない。慎吾は麗佳の膝へ両手を乗せて、さらに股を開かせた。そうやってできたスペースに身を移し、膝立ちと正座の中間みたいな姿勢を取る。

「ぁ……」

「うん……」

正面から向き合う位置関係に、麗佳も小声で語り掛けてくる。

「エッチのときって、すごい体勢になっちゃうんですね……っ」

「……そうだな」

実際、美少女の大股開きはとんでもなくはしたない。とはいえ正常位でやるなら、誰もがこうなるはずなのだ。

「……上は小説みたいに脱がさないんですか？」

「服を多少残しとくほうが、誰か来たときに逃げられる格好へ戻りやすいだろ？　それに自分の教室で丸裸って、精神的にきつくないか？」

「あ……ええ、はい……っ」

説明する慎吾だって、トランクスをまだ脚の付け根に残している。

ペニスは射精後も逞しく、臍めがけて反っていた。表面には体液の膜が伸びたままだし、挿入のための滑りやすさも問題ないはずだ。

そのヌルつく付け根を、慎吾は右手で握った。角度を低く倒した。

「う……っ！」

さっそく股間へ重みがかかり、痺れは粘膜の内側までめり込む。ヴァギナと深く繋がる前から、二度目の発射の瞬間が近づきそうだ。

だが、口を閉ざして後輩へにじり寄り、小陰唇の合わせ目に、特大サイズの亀頭をあてがった。

「あ……あっ……センパイ……っ」

麗佳は泣く寸前のような息を吐く。一方、割れ目は湯気を立てそうなほど火照り、鈴口周りで押したとたん、グニッとたわんで形を合わせてきた。

「くっ……入れても、大丈夫か？」

痺れに耐えて問いかければ、彼女は慌てた素ぶりで頷く。

「も、もちろんです……っ。慎吾センパイこそっ、ここで尻込みなんて、しないでくださいねっ……」

「ああ、やるよっ、やるっ」

慎吾も頭をフル回転させた。これまでの人生で見てきたエッチな動画、官能小説、果ては自身の創作さえ参考にしながら、挿入の手順を組み上げる。

（確か、こうだよな……!?）

小陰唇らしき弾力を押しのけるつもりで、まず肉幹の切っ先を上下させてみた。すると性器同士が擦れ合い、いよいよ感度を煽られる。

麗佳もキュッと目を閉じて、細い手足を硬くする。

「く、ぅ、ぅうっ……セン、パイぃ……っ！」

ただ、やり方は間違っていなかったらしい。短い距離を往復するうちに、何度も牡肉が深そうな窪みへ嵌《はま》りかけるのだ。

これなら、もうすぐ秘洞へ入っていけるはず。学びの場である教室で、童貞と処女を卒業することになる。

やがて鈴口は小さな穴へ、しっかり食い込んだ。

「ふ、ぐっ！」

慎吾も大柄な上体が前へ傾いている。この女体へのしかからんばかりの体勢から、牡肉を突き出していくと、押された膣口が倍以上に広がった。内へ亀頭がめり込む手応えも、はっきり感じ取れた。

次の瞬間、薄いゴムみたいな弾力の壁に、稚拙な侵攻を阻《はば》まれる。

これこそ麗佳の処女膜だろう。貫いたらもうやり返しができない、後輩の大切な場所だ。

そのすべてを理解したうえで、慎吾は亀頭をねじ込んだ。

――プツン。

「あひ……んんっ⁉」

麗佳が声をあげかけたときにはもう、生娘の証《あかし》は失われていた。あまりに呆気ない喪失の瞬間だった。

とはいえ攻め入った慎吾だって、四方から急所を搾られだす。

女性器は入り口だけでなく、中まで極端に狭かった。しかも力を合わせて異物を追い返したがるように、無数の襞が集まって、蒸すような熱まで充満している。

「お、く、ぅうううっ⁉」

慎吾は慌ててブレーキをかけた。

挿入前から射精の兆しを感じていた彼だから、こうまで危険な場所へ挑むとなると、さらに呼吸を整えなければならない。

しかも貫かれた麗佳のほうは、気丈さが砕ける瀬戸際みたいに、仰向けのブラウス姿を痙攣させていた。

「あ、か、ひぐっ……せ、セン……パ……ぁっ……⁉」

「れ、麗佳……っ……麗佳っ！」

慎吾は繰り返し呼びかける。

これが自作の中なら、もっと気の利いたセリフを捻り出せただろう。だが、今は頭が働かない。下手《へた》なことを叫べば、逆に麗佳を追い詰めてしまう。

その彼女が荒い息遣いのまま、うっすらまぶたを開いた。

「もっと……来てほしいです……っ、センパイっ……」

名を口にされるだけでも、心の支えとなったらしい。

慎吾も少しホッとした。

「ああ……無理だと思ったら、ちゃんと教えてくれよ……！」

そんなふうに頼んでから、彼は奥を目指しはじめる。

とたんに、熱と疼きがまた強まった。

矢面《やおもて》に立つ亀頭は揉みくちゃにされ、しかも進むにつれて、次の蠕動《ぜんどう》が、また次の蠢きが、どんどん押し寄せてくるのだ。膣壁もギュウギュウ縮まって、密着の度合いを高めつづける。

さらに遅れて入った幅広のカリ首まで擦られた。肉竿もアイスキャンディよろしくしゃぶられまくった。むず痒さは怒張内に収まりきれないほど高まって、遠からず海綿体をパンクさせそうだ。

麗佳も歯を食いしばりながら、長引く苦痛を堪《こら》えている。

「せ、センパイぃっ……入って、くるぅぅ……っ！」

こんな姿を見ては無茶できない。ゆっくり時間をかけて、粘膜を慣らしていくしかない。

それでも慎吾が汗みずくで踏ん張るうち、亀頭はもう進めそうにない、最深部らしき肉壁へ到着した。ぶつかった鈴口はグニッと押し返され、尿道の髄にまで、鋭い痺れが雪崩《なだ》れ込む。

「つ、ぅうっ！」

女体の終点は弾力に満ちていた。他の牝襞とは別の存在感があった。

慎吾はスペルマがこみ上げそうなのを本能的に防ぎ、麗佳へ告げる。

「俺……奥まで……入れたぞ……っ」

すると、麗佳も四肢を竦ませたまま、口元だけを健気に緩めた。

「はいっ……わかります……っ。あたしの中……っ、センパイでいっぱいになっちゃってるって……っ」

「……今度は腰、引いてみていいか？」

「それが……エッチのやり方ですもんね……っ」

後輩から了解をもらえて、慎吾は後退へ取りかかった。

次の瞬間、予想以上の悦楽が、湧きかけた彼の余裕を消し飛ばす。

とにかく狭い膣の中、かき分けたはずの媚肉の群れは、みっしりペニスへ形を合わせていた。それはカリ首の裏も例外ではない。むしろ矢の返しのような形のそこに、牝襞は一際絡みつく。

慎吾は心を焼かれ、麗佳も再び苦悶を滲ませた。

「ひ、う、きひっ……こ、擦れ……ぅやぁあぐっ!?」

「悪い……っ、麗佳っ……！」

急いで動きを止めて謝れば、彼女は辛うじて現実へ留まれたように、細い首を横へ揺する。

「へ、平気です、これ、くらい……っ。ちゃんと続けてくれなきゃっ……リナに言いつけちゃいますよっ……」

「それは……勘弁してくれっ……」

一カ所に留まりつづけるのは、彼女の望むところではないらしい。

慎吾もいちだんと慎重なペースで、バックの動きを復活させた。

「つ、ぐぅううっ！」

「は……うくっ、ぁ、あうぅうんっ！」

どれだけ緩慢にしてみても、官能の肉悦は途切れない。亀頭はずっと磨かれどおしだし、竿の皮も根元から先端へ引き寄せられる。遡《さかのぼ》るような怒濤《どとう》の圧迫は、いっしょに精液まで汲み上げそうだ。

それに外へ出た竿の根元だって、膣内で温められた愛液のヌルつきがいやらしい。今なお疼く先端寄りとのギャップが引き立ってしまう。

こめかみが汗を伝うのもこそばゆかった。麗佳の籠《こも》った呻《うめ》き声には、鼓膜まで性感帯へ変化されられる。

「センパイっ……センパイぃいっ……あぁあっ……あたしの中っ、おち×ちんで捲られちゃって……るぅうっ！」

「大丈夫かっ……！　まだ、イケるかっ、麗佳っ!?」

「はいっ、あっ……はいぃいっ！　このままっ、続けてくださいぃいっ！」

二人は励まし合いながら、汗みずくの奮闘だ。

そのうち慎吾のほうは、カリ首が膣口の裏へ引っかかるのを感じ取れた。これより下がれば、怒張が丸ごと抜けてしまう。二度目のゴールといってもいいだろう。

「く、ふぅうっ！」

反射的に気を緩めたくなったが、すかさず麗佳に懇願される。

「センパイ……離れちゃ、嫌です……っ……！」

「っ……わかってるっ！」

達成感に浸りかけた己《おのれ》を、慎吾は戒《いまし》めた。

下手すれば二度目のザーメンまで、尿道へ呼び込んでいたところだ。彼は意気込みも新たに、肉幹を締めた。大切な後輩へズブリズブリと突き立て直した。

「う、ぐっ……！」

今度も殺到する快感は凶悪だが、多少はペニスが慣れてきたようでもある。

――大丈夫。気張りつづけていれば、イクのを堪えてピストンに挑戦できる。

「……続ける、ぞ！」

慎吾は麗佳を見下ろし、拒否の言葉がないのを確かめた。そこからついに、スローテンポの往復へ取り掛かる。

抜いて、挿した。抜いて、挿した。ジワジワ抜いて――また挿した。

「俺……き、気持ちいいよっ……麗佳っ……！」

小悪魔少女の肉壺は、病みつき間違いなしの魅力に満ちている。

押しても引いても、牡粘膜がしゃぶられて、一秒たりとも薄れない射精の危機感を、極上の肉悦として味わえた。

だが、麗佳にだって感じてほしい。

だから慎吾は性急にならないようにと、下半身を固めつづける。迫る肉壁は丁寧にかき分けて、牝襞もできるだけ撫でるように擦った。

「麗佳……っ、れ、麗……佳っ！　麗佳っ！」

呼びかける間に汗が浮く。思考力も茹《ゆだ》ったままで、何回腰を押し込んだかすら、わからなくなってくる。

やがて、麗佳もかすれ声へ、痛み以外のものを混じらせだした。

「はっ、ぁっ……熱いっ……これ、熱くてっ……あたしっ、初めてなのに……っ……感じてきちゃってるみたいっ……で、すぅ……ぅうんっ……！」

それはどこまで事実なのか。

慎吾は霞む目を凝らしたが、ますます濃くなる闇の中では、相手の顔がよく見えない。

だから、あえて下品に問い詰めた。

「俺の何にっ……感じてきたんだ……っ？　麗佳……っ、具体的に言ってくれ……！」

羞恥心が快楽を強めることは、自分の身で立証済みだ。

麗佳も四肢をわななかせ、泣きべそめいた声を吐き散らす。

「おち×ちんっ……熱いのは慎吾センパイのおち×ちんでっ……ううんっ、おチ×ポに決まってますっ……ば、馬鹿ぁっ！」

息んだ彼女は、喉といっしょに膣壁まで収縮させる。慎吾も男根を咀嚼《そしやく》されて、苛烈な痺れが神経内を行き交《か》った。

「お、ううっ!?」

とはいえ、ヴァギナがこなれかけているのは疑いない。

感極まった慎吾は、再度の抽送に取りかかった。速度も少しずつ上げてみた。カリ首を引いて、牝襞を抉る。脆い亀頭で、子宮口を穿《うが》つ。

「どうだっ……こういうのはっ、麗……佳っ！」

「もっと……もっと続けてくださいぃっ……！　いっぱい動いて……あたしにおチ×ポの感触っ、覚え込ませてっ、くださっぃぃいんっ！　あたしっ……初めてでこんなに気持ちよくなれるなんて……お、思ってませんでしっ……たぁあんっ！」

麗佳の口からハレンチなセリフが搾り出され、下の口からは多量の愛液がほじくり出された。

淫欲に目覚めはじめた美少女は、腰の揺らぎまで大きく変える。進んで牝肉をペニスへ擦りつける。

「ひぅうっ、は、ぅううんっ！　センパ……ィイッ……これっ、す、すごっ……ぃっ、んくひぃいいっ!?」

自身を追い立てながらの、あられもない悶絶だ。

慎吾も淫熱で浮かされるまま、背筋を反らして怒張を上向かせた。そうやって臍方向の濡れ襞を、潰さんばかりに圧《お》してやる。左右へも捻りを加え、両脇の膣壁だってかき回した。

牡粘膜へ跳ね返る快楽は爆発的だから、ともすれば男根が元の形を失いそうに思えてしまう。

麗佳の嬌声だって、窓の外まで迸らんばかりに高まった。

「ひぁおおぅっ！　奥っ……あたしっ、奥までゴシゴシされちゃって……やっ、ぁあんぅうっ!?」

「麗佳っ……それ以上大きな声は、まずいって……！」

慎吾はとっさに姿勢を戻し、腰遣いをセーブする。

だが麗佳の下半身が、嫌々をするように捩られた。

「だ、駄目……ぇっ！　せっかくセンパイとできてるのにっ……手加減なんてしちゃっ、ヤですっ……やっ、やだぁあうんっ！」

「けどっ……声がっ」

「だったら！　あたしの口っ……慎吾センパイの手で、塞いでください……！」

「えぇっ!?」

そんなことをしたら、凌辱じみた酷い絵面《えづら》になりそうだ。が、慎吾が迷う間にも、麗佳の嬌声は決壊間近となっていく。

「お願いっ……お願いですっ……センパイっ！　それであたしのことっ、もっとおチ×ポで苛《いじ》めて……えぇっ！」

「ええいっ、わかったよ！」

彼も意を決して、上体を前にのめらせた。右手を床へ置き、左手を麗佳の口元へ寄せてみた。

直後、麗佳がいきなり両手を使って、上に来た慎吾の手首を捕まえる。さらにストローでも咥えるように、人差し指と中指をまとめて口へ含んだ。

「は、むふぶっ！」

唾液で濡れそぼった唇は、本来の張りと相まって、見た目も感触も淫らになっている。それがギュッとすぼめられ、ひたむきなバキュームまで始まる。

「れ、いっ……!?」

「んんぅうっ！　ひっ、はぅぅううっ！」

麗佳はよけいな問答を遮るように、顔の角度を変えた。舌まで指の腹に絡ませてきた。慎吾だって、全身が過敏になっている。指はいっぱしの性感帯で、こそばゆさが暴走だ。

「おぉっ、おぉおぉっ!?」

ただし麗佳の声色《こわいろ》は、ちゃんとくぐもったものとなる。

「ひっ、ふっ、んぐふぅううんっ！　おっふっ、おぅううんぅううっ！」

「れ、麗佳……！　じゃあっ、俺っ……また動いてみるぞっ!?」

慎吾は試しに腰遣いを少しだけ速めた。すると、これまでより結合部へ体重がかかって、己の股間で秘洞をプレスするスタイルとなる。

麗佳も両足を危なっかしく浮かせつつ、吸引を強めて喘ぎを飲み下した。

「ひぅううんっ！　お、うぐっ……ひぶふぅううむっ！」

これなら、もっとガンガン突けるだろう。慎吾のやる気も蘇り、そこからさらに高まった。

彼は女体の上で尻をバウンドさせるように、肉棒を往復させてやる。俄然、体格差も強調されだして、亀頭は打ち下ろされるたび、快感と共に子宮口へ食い込んだ。

「麗佳っ……くぐ、俺っ……さっきより感じるようになってるよ……ぉうっ！」

「ひぅううんっ！　へぶっ、ぷぶっ、んぐふぅううんっ！」

これだけ乱暴にされながら、麗佳は悦びの気配を晒す。言葉の代わりに指を吸い、スクールベストの上で頭を浮き沈みさせて、フェラチオよろしく、慎吾へ唾液を重ね塗りだ。

「お、あっ……！　れ、麗っ……佳っ……ぁあぐくぅうっ!?」

慎吾は二本の指を磨かれる悦楽だけで、絶頂まで送られかねなかった。

それに男根だって動きつづけて、牝粘膜と衝突を繰り返す。

彼は今や、麗佳以上に大声をあげそうだった。尿道へ、熱い子種を通しそうだ。

「イクっ……麗佳っ！　俺っ、もう……イク……ぅぐっ！」

この切羽詰まった白状に対し、麗佳がどうしたかといえば。

彼女はなおも慎吾の手首を拘束しつづける。そうやってのしかかられながら、上でも下でも一心不乱に、慎吾を貪《むさぼ》った。

「ふぅううんっ！　ひぉぐっ、あぉっ、ふっ、ぅむふぅううっ！　い、イッへっ……くだっ……さっ、ぉふぅううんぐっ！」

このままでは中出しされてしまうと、わかってやっているのだろう。

のみならず、ふしだらに尻を床へ擦りつけて、射精の瞬間を手繰《たぐ》り寄せたがる。

肉棒をシェイクされた慎吾だって、ヴァギナへの抜き差しにのめり込みつづけた。

「さ、最後までっ、このままやるからなっ⁉」

彼はグッチャグッチャと愛液をかき鳴らす。女体の甘酸っぱい匂いを嗅ぎながら、落雷めいた肉悦を股間で受け止める。

挙句、ひときわ勢いを乗せた摩擦によって、身動きすらできなくなった。

「お、で、出るぅうっ⁉」

終点で釘づけとなった鈴口が壊れそうだ。法悦は股間を制圧し、真っ白になった脳内まで引っかき回す。

そんな過度の衝撃に押され、本日二発目のザーメンが麗佳の奥へ解き放たれた。

ドクンッ、ドクンッ、ビュクビュクビュククッ――――！

慎吾は後輩の子宮を満たしながら、生のオルガスムスに酔いしれる。

膣肉も収縮ぶりがすさまじく、本当にアクメを迎えてしまったように、激しく怒張を搾りつづける。

「ひ、おほぉおふっ、あっ、おっ、ぁおぉおふぅううううんくぅううううっ⁉」

おかげで、男根の疼きが終わらない。慎吾は姿勢を変えられず、竿部分を抜くのさえ難しい。

「お、く、おぉううっ!?」

「ひぅうっ……あへっ、おっ、ひゃぅううんぅううっ……！」

ただひたすら時の経つのを忘れ、麗佳と二人、喜悦に浸りつづける彼であった。


コツ、コツ、コツ、コツ。

無人の廊下を麗佳と並んで歩いていると、二つの足音がやけに大きく響く。

事後の休憩を挟み、周囲にこぼれた汁気の始末など済ませた段階で、時計は夜の七時を過ぎていた。そろそろ外へ出ないと、当直の教師がドアへ施錠してしまう。

ただ、麗佳はまだ本調子に戻れないらしく、足取りが微妙に危なっかしい。

「……肩、貸すよ」

慎吾は背を屈めて提案するが、彼女は「平気ですってば」と首を横に振る。それから思い出し笑いっぽい吐息を漏らした。

「……ふふっ」

「ん？　どうしたんだ？」

「いえいえ、センパイもいろいろ経験したわけですし？　これからアップする小説は格段に生々しくなっちゃうかもー、なんて思ったんです」

自分だって初体験なのに、どことなく上から目線だ。

が、この軽口がきっかけとなって、慎吾は昨日考えたことを思い出した。

「それなんだけどな……今書いてる話、俺はそろそろ終わらせるつもりなんだ」

「えっ？　ええっ、なんでですかっ？」

麗佳の声音は不満げで、慎吾もたじろいでしまう。

「や、なんというかさ……あれを書いてると、どうしても麗佳の顔がかぶるんだ。そっちだって嫌だろう？　自分のイメージが混じったキャラのエロい場面を、大勢に読まれるなんてさ」

「っ、別にいいですよ、それぐらい……っ」

「そうか？」

「ええ、個人情報まで上げられたら許せませんけど、小説ぐらい断然ＯＫです。あたしはセンパイのファンですからね？　雑な打ち切りなんて認めませんっ」

「お、おう……っ」

力強く断言されて、慎吾も考えを翻《ひるがえ》したくなる。

そこでちょうど昇降口へ到着だ。二人はいったん各々の靴箱に分かれ、麗佳の姿が見えなくなるや、慎吾は小説よりずっと大きな問題を意識した。

何しろ、自分は恵里菜と付き合うつもりでいたのに、麗佳の処女まで奪っている。いい加減な両天秤は、言い訳の余地なく最低だ。しかし彼女らのどちらが好きかなんて、もはや決めようがない。

(俺……どうすればいい?)

この際、状況が破綻するまで答えを先送りにしつづけようか——そんな発想まで頭をよぎる。

だが、恵里菜と麗佳は姉妹だし、三角関係が壊れたあとも、血縁関係が続くのだ。

(これがラブコメの主人公なら、何もかも上手く進められるのにな……)

ああいう規格外の前向きさや説得力を、自分は持ち合わせてない。

慎吾が靴箱の前で立ち尽くしていると、先に外履きへ履き替えた麗佳が歩み寄ってきた。

「……ところでセンパイ」

「え?」

「前にあたしのことを『リナのために無茶できる優しい子』って褒めてくれたじゃな

いですか？　誤解だって、もうバレちゃいましたよね？」

「どうしたんだ、いきなり」

困惑混じりに彼女を見てみれば、横恋慕の赦《ゆる》しを求めるみたいな表情だ。たぶん慎吾と同じく、一人で靴を履く間に後ろめたさが膨らんだのだろう。

だから、慎吾はかぶりを振ってやる。

「俺の評価は変わらないよ。麗佳は絶対にいいヤツだ」

「そう思います？」

「うん、もちろん」

むしろ俺のほうこそ過大評価されてるよな——と続きかけたセリフを、彼は寸前で飲み込んだ。代わりに一つの約束をする。

「俺さ……麗佳たちとのこと、しっかり考えて答えを出すよ」

とたんに麗佳からホッと力が抜けた。

「はいっ。どんなかたちになっても、あたし受け入れますからっ。待ってますね……！」

彼女は愛おしそうに返してくれたのであった。

第四章　少女の書いた官能小説

　麗佳と一線を越えた次の日は、週の真ん中、水曜日。

　もう来週まで、図書委員の仕事は回ってこない。しかし、慎吾は放課後を待って、図書室へ急いだ。

　理由はただ一つ、恵里菜と麗佳に会いたいから。それが叶いそうな場所といえば、彼女らの教室を除くと、ここが最有力だった。

　出すべき答えは、まだ見つかっていない。逃げずにベストな道を探している最中……と言えば聞こえはいいが、本当は自分の欲を優先しているだけと、慎吾だってわかっている。

　それだけに図書室に着いて、選んだ民話の本を読みはじめても、中身が頭に入ってこなかった。

（単純な話なら、少しはイケると思ったんだけどな……）

仕方なく、顔を上げて室内を見渡す。

ただでさえ少ない利用者のなか、今日は慎吾がほぼ一番乗りだった。

と思いきや、ちょうどドアから入ってきた麗佳の横顔が見える。

「あ」

思わず声が出て、麗佳も慎吾に気づいたらしい。遠目でさえわかるほど、雰囲気がパッと華やいで、彼女は急ぎ足で近づいてきた。

「こんにちは、慎吾センパイッ。仕事がないときまで図書室にいるなんて、やっぱり本好きですねー」

後輩の明るい笑顔に、慎吾は胸が高鳴る。だから、つい思ったままを口にしてしまった。

「ここにいれば、麗佳たちと会える気がしたんだよ」

とたんに麗佳の頬まで朱に染まる。

「も、もうっ……素でそういうことを言いますかっ。慎吾センパイの天然ジゴロっ、女たらしっ」

照れ隠しに悪口を並べ立てたあと、彼女は慎吾の脇に目を移した。

「ここ、空いてるんですよね？」

「……ああ、誰も使ってないよ」

答えを聞くや、飛び込む勢いで着席してくる。

「で、今日は何を読んでるんです？」

「あっちから持ってきた民話集だよ」

「わーお、趣味が広いですねー」

「いや、単なる時間つぶしだ。ひとまず本を棚へ戻すからさ、ついでに場所を移さないか？」

さすがに利用者も増えつつある。あまりここでしゃべっていたら怒られるだろう。

慎吾が席から立つと、麗佳もカルガモの赤ちゃんみたいに後ろからついてきた。

「……どうする？　図書室を出ようか？」

本を元の場所へ返し、慎吾は問うてみる。

しかし麗佳の首は、横に振られた。

「今日はちゃんと本を選んでもらいたいです。センパイの趣味とか、いろいろ知りたくなってますし」

「……そっか、うん。なら、こっちへ移動しよう」

だが、小説のコーナーへ行きかけたところで、今度は鞄を片手に席へ向かう恵里菜の姿が目についた。

「あ」

麗佳を見つけたときと似た声が漏れる。

恵里菜も首を慎吾のほうへ曲げて、たおやかに微笑んだ。

「あっ、そちらにいらしたんですね、先輩っ」

もっとも直後に、彼女の表情は翳《かげ》ってしまう。

「……あの、どうしてレイとまたいっしょに……？」

「いや、まあ……」

慎吾はしどろもどろになった。

決していちゃついていたわけではないが、昨日のことがある。

そんな情けない彼の横で、麗佳が挑むように口を開いた。

「別にいいよね？　リナとセンパイはまだ、付き合ってるわけじゃないんだからっ」

「……レイこそ、恋人同士でもないうちから、その距離は近すぎだと思うよ……？」

「これぐらい普通だってばっ」

麗佳はすばやく慎吾に身を寄せた。それどころか左腕を取り、力いっぱいしがみついてくる。

そのしなやかさと、押しつけられるふくよかな胸の膨らみ——慎吾もいっそう動揺させられた。

「お、おいっ……」

声をあげると、恵里菜まで床に鞄を下ろし、空いていた慎吾の右腕に飛びついた。

「じゃあ、私がこうしたっておかしくないよねっ？」

彼女は控えめさをかなぐり捨てている。バストこそ妹より小ぶりなものの、四肢の柔らかさは服越しでもすこぶる魅惑的だ。

「水本さんっ!?」

「先輩もレイの気持ちを、もう知っているみたいですしねっ……。でも私、譲ったりなんてしたくないんです……っ」

「ふーんだ、リナってばネコかぶるのはやめたんだっ？」

「私、先輩には元から素の顔しか見せてないよっ？」

「ふ……二人とも待ってくれ……っ」

慎吾は申し訳なさが膨らむだけでなく、許容量を超えて頭に上った血が、鼻から噴き出そうだった。

それを察したのか、恵里菜が腕を緩めてくれる。

「……すみません。レイがいて脱線してしまいましたけど、私、今日は先輩にお渡ししたいものがあったんです」

「え、俺に？」

「はいっ」

彼女は慎吾から離れ、拾い上げた鞄からA4サイズの茶封筒を引き出した。

「ぜひ、これを批評していただきたいんです」

そう告げてくる恵里菜の頬は、なぜか抱きつく前より赤らんで見える。ラブレターでも差し出すような気配だ。

しかし、こんな封筒に入れるラブレターはないだろう。

慎吾も戸惑いかけたものの、中身が何なのか、どうにか見当をつけられた。

「批評ってことは……水本さんの書いた小説か？」

「そうです。部誌へ載せられる内容ではないのですが、思い立って書きはじめたら、止まらなくなってしまって……」

恵里菜は照れ笑いを浮かべる。だが内容に自信があるのは、声音《こわね》から窺《うかが》えた。

一方、麗佳は慎吾にくっついたまま、拗《す》ねたようにぼやく。

「……別にメールで送信すればいいじゃん」

「ちゃんと先輩に手渡したかったのっ！」

このままだと、図書室から追い出されかねないほど、騒ぎが大きくなりそうだ。

慎吾は慌てて右手で封筒を受け取った。持った厚みはさほどではないし、どうやら短編小説らしい。

「今日のうちに読ませてもらうよ。感想も……夜には返せると思う」

これを聞いて、恵里菜は鞄を閉じる。

「ありがとうございます。先輩に駄目な後輩だって思われたくないですし、今日は失礼しますね。レイも、先輩を困らせたら……嫌われちゃうよ？」

当てつけのように妹へチラッと目を向けつつ、彼女はしとやかにお辞儀をした。あとは淀みない足取りで、図書室から去っていった。

「リナってばズルいっ。今の言い方じゃ、あたしだけ悪者になっちゃう……！」

麗佳も渋々手を離す。

決定的な対立は避けられたようで、不埒《ふらち》な浮気者と化した慎吾も、ひとまず安堵できたのであった。

そして夜になり、慎吾が封筒を開いてみた。

＊　＊　＊

休日　～先生と私～

私にとって、金曜の夕方はとても待ち遠しい時間です。

……ええ、他の学生だって、そうですよね。部活とかの例外はあるにしても、基本的には休日の入り口ですから。

だけど私の場合、他の人たち以上に「特別」なんです。だって……金曜の夜に先生の家に泊まれば、日曜が終わる寸前まで、ずっといっしょにいられます。

食事もいっしょ。映画を見るのも、音楽を聞くのも、お掃除もお洗濯もいっしょ。

学校のみんなに見つかるかもしれないから、外出はしづらいですけど……秘密の恋だし、そこは仕方ありません。我慢します。

代わりに空いた時間全部、二人で汗びっしょりになって、お互いの身体を求め合うんです。

最初は怖かった性的なことも、何度か繰り返していたら、大好きになれました。近頃だと……先生よりも、私のほうが積極的かもしれません。

「ふふ、先生……こういうのって、どうですか？」

裸でベッドに座る先生のおち×ちんから顔を上げて、同じく下着まで脱いでいる私は、できるだけ色っぽく笑ってみせます。

だけど、意識して表情を作る必要なんてないんでしょうね。

身を寄せ合うほど濃く感じられる、先生の匂いと温もり、それに男性器から染み出る我慢汁のしょっぱさ……何もかもが、私を発情させるスイッチなんですから。

＊　＊　＊

「……これ、エロ小説じゃないか」

慎吾は原稿を読みはじめるなり、低く呻《うめ》いてしまった。

試しに残りのページをめくってみると、行為はどんどん濃厚になっていく。性描写も交えた純文学なんて枠組みには、とても収まらない。

(プリントする話を間違えたんじゃないだろうな？)

そんな疑いが頭をよぎる。

だが、恵里菜だって紙に打ち出したあと、軽く目ぐらい通しただろう。

それに表紙を見返してみれば、タイトル横に「高倉先輩へ」と手書きの宛先まであった。

となると、これはミスではない。恵里菜は官能小説とわかったうえで、自分に原稿を渡したのだ。

(ま、まあ……リアルでもフェラ……してもらったけどさ……)

のみならず、ネットへ上げたこちらの官能小説だって読まれている。

とすると、この小説は何か遠回しなメッセージだろうか。

(だけどな……)

知らず知らず、慎吾は嘆息した。

一人称で書かれているせいか、話全体が恵里菜の告白文みたいに感じられるのだ。

容姿の表現などいっさいなくても、ショートボブの黒髪や、文学少女然とした眼鏡が思い浮かぶ。「先生」とやらに彼女を取られそうなモヤモヤ感が募る。

自分だって麗佳を抱いている以上、これは単なるわがままだ。が、容易には割り切れない。

一方で、話の続きは気になった。

「う、うぅ……む……ふぅ……」

——こうなったら、最後まで読もう。

逡巡《しゅんじゅん》のあと、慎吾は原稿の先へと目を走らせだした。

＊　＊　＊

私の唇で股間部をしごかれつづけた先生も、すっかり息が上がっていました。

「気持ちいいよ……君もすっかり上手くなったな」

こんなときでさえ、先生の笑顔は温かいです。ただ、抑えきれない欲望も見え隠れしていて、本当はどうしてほしいのか、はっきりわかってしまいます。

私の女性器……いいえ、おマ×コを使いたいんですよね？

その期待に応えるために、私はゆっくり立ち上がり、先生に裸を晒しました。

……どうでしょうか？　先生から揉まれるうち、胸もちょっとは大きくなったんですよ？

注がれる熱い視線と、それに生唾を飲む音まで心地よく感じられ、私は先生に訴えます。

「今回は私が上に乗りたいです。口だけじゃなく、身体中を動かして、先生に悦んでほしいから……」

「そうか……。じゃあ、任せた」

先生は優しく頷《うなず》いてくれました。さらに私が見ている前で、仰向けになります。無防備で、すべてを任せてくれるこの体勢……今度は私の喉が鳴りそうです。それに見下ろしていると、頑丈そうな胸板とかまで可愛く思えて……私のほうが年上になったみたいです……。

私はよろめくように先生に跨《また》がり、唾液と我慢汁でヌルヌルの陰茎を慎重に引き起こしました。

ん……やっぱり、勃起したものって大きすぎですよね……っ。初見で驚かされた経験は、きっと一生忘れられません……。

とにかく、あとは自分の身体を少しずつ下げて、先生との位置を合わせます。

私だって、とっくにびしょ濡れなんです。こんな反応を見られたら、もちろん恥ずかしいです。

だけど……私はエッチなダンスを披露するみたいに、下半身を前後させはじめます。

亀頭にくっつけたばかりの割れ目を、グニグニ歪ませます……っ。

「あ、ふっ……んんぅっ……」

早くも、息遣いが揺らいでしまいました。

だって、んんんっ、繋《つな》がったときの快楽を予感させてくれるくすぐったさが、切なく膨らみだしているんですっ……。

しかも直後に、グプッ……プブッ！　入り口へ鈴口周りのめり込む感触までありました。

あンっ……この角度っ……あとは腰を落とせば……男性器が奥まで突っ込んでくるはずで……っ。

「い……行きます……っ！」

私は先生へ告げて、返事も待ちきれずに腰を下げはじめました。

いえ……下げるなんておとなしい表現では、嘘になります。実際は、大きなものを一息に呑み込むため、身体を真っすぐ落下させせました。

ズブッ、ズブズブゥウッ！

「あっ、はっ、ぅうあぁあぁあっ!?」

貫かれるショックは毎回大きくて、入り口で感じる甘さと別物です。暴力的で……

力強くて……責めるための騎乗位でやっていても、私のほうが征服されそうです。

私は、陰茎に押されるがまま、顎まで浮かせました。喉も勝手に震えだして、甲高《かんだか》い声が部屋中に溢れます。

でも……やっぱり勢いを乗せて、正解でした。先生も下で全身を竦《すく》ませながら、艶めかしく呻いていたんです。

「く、ぅっ……ううっ！」

「先生……っ！」

見下ろせば、先生は顔を引きつらせ、強すぎる快感に耐えるようでした。もう……どっちが経験豊富とか、全然関係ありませんっ。

「私っ……ぅ、動き……ます……ぅうっ！」

声がまた一段階、いやらしくなるのを自覚しながら、私は腰を浮かせました。

この瞬間から、ズルズルズルッと太いものの抜けていく感覚が、股間で盛大に破裂です。逞しいカリ首は、私の隠れた膣粘膜にぶつかって、外側まで引きずり出すみたいです。

あまりの熱さに、私はどうしたって逆らえません。でも……一番気にするべきは、先生が気持ちいいか、なんです……！

「ふぁああっ！　やはっ、あぅううんっ、せ、先生ぃいひっ！」

私は、涙が伝う頬のこそばゆさにまで幸せを感じながら、夢中で抜き差しを始めました。

先生……先生……先生っ！

私、独りよがりな動きにっ……なっていないですよねっ⁉

答えを求めて見下ろすと、先生も憑かれたような目を、私へ向けてくれていました。

「いいよっ……このままっ、続けてくれ……！」

「ふぁああっ！　はいっ、はいぃいっ、先生ぃいひっ！」

やり方を肯定してもらえた私は、夢中で腰を往復させました。おち×ちんが抜ける寸前まで下半身を弾ませて、また思いきり落としてっ……その勢いで、汗の垂れる速度も上がり、背中や肩までムズムズします。

乳房なんて、ジャンプするみたいに、タプタプ揺れっぱなしとなりました。

そして何より……先生と繋《つな》がる場所で、水音と快感が、どんどん大きくなっていきます！

グチャッ！　グチャッ！　ブチャズチュッ！

ふだんの私なら、きっと、恥ずかしくて聞いていられない下品さでしょう。でも昂っている間は、気になりません。他人を意識した慎しみなんかより、先生と愛し合うほうが、ずっと大事ですっ。

「は、ぁあっ、先生っ……先生のことっ、もっと感じたい、ですぅうっ！」

私は落としきった膣口を前後左右へ傾けだしました。こうすれば私の未熟な女性器も、めいっぱい拡張されます。気持ちよさを練り込まれる感覚が、いかにも開発途中みたいで……身体と心がどんどん火照っていきます……。

「先生っ……どう、ですかっ……これっ、こういうやり方っ……!?」

「くっ、むっ……すっかりやらしい動き方が身についた、な……っ！」

先生も、私のやり方を歓迎してくれました。

さらに口で褒めるだけでなく、汗で滑りやすくなった私の腿を、柔らかなタッチで撫ではじめます。

おかげでむず痒さが、激しい快感へ紛れ込んで、私はひとりでに腰が揺らいでしまいました。陰茎とも思いがけない角度でぶつかり合って、頭の芯までビリビリ痺れました。

「は、ぁあんっ！　ぅ、やっ、ひぅうっ、んふぁああっ!?」

堪《たま》らず私は、上下の動きを復活させます。

すると……グラインドを挟んだのがよかったのでしょう。女性器を穿《うが》たれる疼きは、一回目のピストンを遥かに超えて、強くなりました。外向きに擦られても、奥まで抉《えぐ》り直されても、より大きな悦びへ更新されていくんです。

「ぁああっ、先生ぃっ！　これじゃ私っ……先生より先にイッちゃいますぅうっ！」

先生、ごめんなさい、ごめんなさいっ。

本当は私っ……おち×ちんを口で咥えているときから、身体の内で、イク準備が始まっていましたっ。

ただ……それは先生も同じだったみたいです……！

「ああっ、俺もイクよっ……！　君の中でっ……だ、出すから、なっ！」

そんな咆哮《ほうこう》のあと、優しかった先生の手は、私の腰へ移されました。濡れて滑りやすい箇所をしっかり摑《つか》んだら……荒々しい揺さぶりへ取りかかります。

ズブジュブッ、ズボグポッ、ズッズッズッ！

「ひおぁあっ！　いっ、んひぎっ！　先生ぃいひっ!?」

私はすごく乱暴に扱われてしまいました。でも、相手が先生だと、嬉しくなってしまいます。

何をされても……っ、どうされてもっ、私、幸せなんですからっ……！

思い余った私も、先生にされる以上の速度と勢いで、おち×ちんをしごき返します。さらに意識して、膣壁をキュッと締めました。粘膜同士を過熱させ、汗を飛び散らせて、最後の全力疾走です。

「はぁああっ！　先生ぃっ……す、すごいですぅうっ！　壊れるっ、突き抜けっ……イッ、イクぅうぅうっ!?」

激しい睦み合いは、何度も繰り返されて、最後に先生の引き下ろす力と、私の太いものを飲み込む動きが、ぴったり合わさりました。

快楽はもう、激しすぎて……お互いを壊すようで……愛液と我慢汁を沸騰させそうなほどでした。

「あっ、うぅああっ！　ひぉおっ……ぃ、ぃひぉおぉおぉおぁあああーーーーっ!?」

私は一番深くまで先生を迎え入れたまま、天井を仰いで痙攣します。

ああ……これはっ……間違えようのない絶頂ですっ。

こうなると、手足がひとりでにヒクついて、おマ×コで男性器を搾りつづけてしまうんです……！

「お、ぅ、くううっ！」

先生も、股間をいっそう硬くして……ビュクッ、ビュウッ、ビュウウッ！　煮え立つ精液を、私の子宮へ流し込みました。

すごく、すごく、愛しいです……！　先生も今っ……気持ちよさが止まらなくなっているんですよね……!?

こうやって見ているとっ……先生のイク顔は無防備で、やっぱり年下かと錯覚しそうです……っ。

やがて……私は渦巻く絶頂感から抜け出して……先生の上へ倒れ込みました。

「あ、ふっ……！」

「お……ぅぅ……っ」

力強く受け止めてもらったら、がっしりした肩口へ頬をあてがって、幸せな気分に浸ります。

私……ずっと、こうしていたい、な……っ。

ただ、あの……先生も私も、汗で肌がヌルヌルで……いやらしい匂いが部屋中に充満していますから……男性器と繋がったままの一点は、恋人気分を押しのけるみたいに、再びムズムズしてきます。

やっぱり、私……ジッとしているより、動くほうがいいかもです……っ。

「先生……エッチの続き、やってもいいですか……？」

「ああっ！　俺もまた、君と感じたいっ！」

あ、ん……！　とっても嬉しいです……！

でも、先生……私たちはこの週末、いったい、どれだけ身体を重ねてしまうのでしょう……。

ひょっとしたら……前回の記録を大幅に塗り替えちゃうかも……しれませんね？

＊＊＊

「………ふぅ……」

原稿の最後の一枚を机に置いたとき、慎吾はペニスがギンギンに勃起していた。

恵里菜がどんな意図でこれを書いたかは、まだわからない。

ただ、彼女の文章はエロティックで、読み進める間に、手が何度か股間へ伸びかけた。

そこでふと、机のスマホが目に入る。

封筒を受け取ったとき、自分は恵里菜に言ったのだ。

――感想も夜には返せると思う。

今すぐ彼女に電話するなんて、だいぶ気まずい。

ただ、自分も小説を書いているので、わかってしまう。

原稿を誰かに見せたあとは、一刻も早く意見を聞きたくなる。それは恵里菜だって同じだろう。

(せめて読了の連絡ぐらいはするべきか)

迷った末、慎吾はスマホを取り上げた。

『昼にもらった小説、今、読み終わったよ』

短いメッセージを打つだけでも、手の内へ汗が滲む。

『感想は明日まで待ってくれ。ちゃんと纏《まと》めてから伝えたい。けどよかったと思う。迫力あったよ』

これでよし――と、送信マークをタップした。すると程なく、着信音がヒュポッと鳴る。

見れば、さっそく恵里菜からだ。

『先輩、ありがとうございます。いきなりエッチな小説なんて、ビックリしましたよね？　どんな内容か、先にお伝えしたかったのですけれど、レイの前だと言いづらくて……。すみませんでした』

すでに彼女のスマホへは「既読」と表示されたことだろう。

ここで話を打ち切ったら素っ気ない。慎吾も恵里菜の目的ぐらい、聞いておきたくなった。

『どうして急に官能小説へ手を出したんだ？』

今度は返事までに間が開く。数分ほどして、ようやくヒュポッと着信だ。

『先日、こういう小説をよく知らないまま、先輩の作品に口出ししてしまいましたし、自分で書いてみようと思ったんです。そうしたらわかりました。エッチなお話って、行動力のあるキャラクターのほうが、スムーズに転がっていくんですね』

『そうかもな』

『あと、相手役を「先生」にしたのは、読んでいただくとき、「先輩」だとやりすぎかな、と思ったからです』

とたんに慎吾は肩から力が抜けた。

どうやら寝取られ気分は、自分の考えすぎだったらしい。

そこへ次のメッセージが届く。

『明日は、図書委員の仕事もありませんよね。また、先輩のお宅へお邪魔して、そこで批評をいただいて、いいでしょうか？』

「……マジか」

驚きが声に出てしまった。

恵里菜と二人きり——それも日が沈んだあとにエロ小説の感想を述べるなんて、おかしな気分に陥《おちい》りかねない。

とはいえ、学校で詳しく話していたら、誰かに聞かれてしまう。近くの公園で会うにしても、周囲が暗くなったあとだ。

他に適当な場所も思いつかず、慎吾は腹を括《くく》ることにした。

『了解だよ。どこで待ち合わせる？』

『校門の傍でどうでしょう？　それと私、また先輩に晩ご飯を食べてほしいです』

（え……！）

いよいよ身が引き締まった。

しかし真っ暗なダイニングキッチンに電気をつける侘《わび》しさが日常の彼にとって、恵里菜と囲んだ食卓の記憶は、格別の輝きがあった。現状に悩んでいてなお、抗《あらが》いがたい誘惑だ。

状況が状況だから、呑気に舌つづみなんて無理だと思うが、慎吾は迷った末にメッセージを送った。

『ありがとう。またご馳走になりたい』

対する恵里菜の返信は『私、頑張ります！』という気合い溢れる八文字と、ガッツポーズを決めた犬のイラストだった。

これでやり取りは終わり、慎吾も上体を後ろへ傾ける。

「ふうっ」

彼のペニスはしぶとく勃起しつづけていた。むしろ、ズボンの圧迫がいっそうじれったい。

（今夜は……これをオカズにさせてもらうか？）

恵里菜の原稿に目を戻す。

自分を慕う後輩の作品だし、かなり複雑な気分だが――。

しかしふと、己の中のもう一つの欲求にも気づいてしまう。

身近な相手の力作は、執筆の大きな原動力となりえるのだ。月曜からずっと不調続きだったのに、今なら宙ぶらりんな気持ちをねじ伏せて、熱意たっぷりでパソコンに向かえる気がする。

創作か、オナニーか。

たのだった。

「……くぅぅうっ！」

――慎吾は髪の毛をクシャッとかいたあと、パソコンの電源ボタンへと指を伸ばし

翌日の夕方、慎吾は恵里菜と校門前で合流し、二人並んで帰宅した。

途中でスーパーに寄って、夕食用の材料も買ってある。

とはいえ予期したとおり、漂う空気は前の買い物のときと、だいぶ違っていた。

いろいろ後ろめたい慎吾だけでなく、恵里菜も態度がぎこちない。昨日のテンションが高かったのは、そばに麗佳がいたからだろう。

とはいえ料理に限れば、彼女の手際は見事だった。

今夜はかぼちゃグラタンが中心の夕食だ。ほどよく焦げ目がついたパン粉とチーズからは、食欲をそそる匂いが立ち昇る。

「今日は温かいものにしてみました。先輩の口に合えばいいんですけれど……」

「美味そうだな、すごく……！」

着席した慎吾が平静を装うと、恵里菜も彼の正面へ腰を下ろす。

彼女の頬は早くもほんのり赤く、気持ちが料理だけでなく、食後のことへ向けられ

ているのがわかった。

「……い、いただきます」

「いただきます……っ」

慎吾は食欲と惑いの狭間《はざま》で挨拶し、恵里菜も軽く頭を下げる。

——結局、食事中はあまり会話が挟まれなかった。揃って静かに手と口を動かして、耐熱皿が空になってからは、どちらもソワソワしはじめた。

恵里菜はどう本題に移ろうか迷っているらしい。

慎吾も脳内で、考えを整理する。

麗佳とのことは、できればこちらから切り出したくない。不実なのはわかっているが、会話は小説のことだけに留めたい。

だから彼は躊躇いつつ、先に口を開いた。

「あー……預かった小説だけどさ」

「っ！」

即座に恵里菜の背中が伸びる。テーブルの上で、両手まで握られる。

この予想以上のかしこまりように、慎吾も慌てて動揺を抑えた。

「ええと、うん……すごくドキドキしたよ。初挑戦なのに、俺より上手《うま》いぐらいだと思った」

「どこが……よかったですか……？」

「ん……ヒロインがおとなしそうに見えて、積極的なところ、かな。『先生』より年下なのに口調が大人びてて、主導権を握りかけてるだろ？　好きって思いが駄々洩れなのもよかったな。恋心全開って感じで、エロさとのギャップが場面を盛り上げてたと思う。ただ、性器の言い回しが、ちょっと固かったかもな……」

「では先輩……ムラムラしたりは……」

「え？　いや、ムラムラもしたよ……っ」

そこまで言わせるのか。慎吾はちょっと泣き言を言いたくなった。

だが、恵里菜はまだ満足してくれない。さらに重ねて質問する。

「思い出すと……興奮、できますか？」

「……するよ。かなり、する……っ」

半ばヤケで頷くと、恵里菜はようやく一山越えたみたいに息を吐いた。

「……嬉しいです。あの小説を書いた理由はいくつかありますけれど……先輩に興奮してほしいって気持ちも大きかったんです」

「そうだったのか……」

となると、やはり催促的な意味も混じっていたのでは――？

慎吾は思わず構えてしまい、恵里菜も華奢な身を乗り出してきた。

「ムラムラしてもらえたなら、大成功です……っ。私、今日も先輩へエッチなことをするつもりで来ましたし……っ」

「えっ……」

ダイニングキッチンの空気が、露骨に張り詰める。

それを和らげたがってか、恵里菜はモゾモゾ座り直して、ぎこちなく微笑んだ。

「レイとのことなら気にしないでください。抜け駆けは自由、迫る機会は逃さなくていいって、二人で話し合ったんです」

「……本当に？」

「本当です」

すでにある程度、昨夜のことは麗佳から伝わっているのかもしれない。

少なくとも、はぐらかしつづけるのは難しそうだ。

そこでついに、直球の問いが来る。

「レイとは……最後まで、しちゃいましたか……？」

「……ああ」

慎吾も観念して頷いた。

「したよ、その、全部……最後まで……」

「でしたら……私ともしてください」

恵里菜になじる気配はなかった。むしろ真剣な口調を、慎吾のセリフへかぶせてくる。

「私、先輩が気持ちよくなれるように、あの小説と同じことを、頑張りたいと思っています。ちゃんと挑戦しないまま……身を引きたくはないんです……っ」

つまり、彼女がやりたいのは、騎乗位のセックス――。

その光景が脳裏をよぎるや、慎吾の反論は喉で止まってしまう。

そこでおずおず、手を握られた。

「レイには流されても……私じゃ無理ですか……？」

「……俺は……お、俺は……っ」

己の良識が陥落するまであとわずかなのを、慎吾は意識した。

さんざん悩んできたくせに、自分は今夜、恵里菜へ対しても、無責任な欲望を吐き散らすことになる。

もはや――間違いなかった。

慎吾が勃起してから恵里菜を自室へ連れ込むまで、十五分とかからなかった。

実は部屋の掃除も、昨夜の執筆後に済ませてある。つまりこうなる可能性を無意識に考えていたわけで、ますます自分を信じられなくなりそうだ。

彼は今やズボンとトランクスを脱ぎ、下半身丸出しでベッドに腰かけている。

正面では恵里菜が制服姿のままで四つん這いに近い格好となり、二度目のフェラチオに没頭していた。

「んぁむっ、ん、ふっ……じゅぷぷっ……！」

元から呑み込みが早い秀才だから、もうえずく気配なんてない。ヌルつく肉竿を上向きのレールに見立て、すぼめた唇をテンポよく往復させる。

「ひぶふっ……えぅうっ……ちゅばっ、ちゅぶぢゅぶっ、あ、ふっ、お、おっ……！」

このリズミカルな動きで、慎吾も弱点が痺れっぱなしだった。堪らず、小説内の「先生」みたいなセリフを口走ってしまう。

「ず……ずいぶんフェラチオ、上手くなったな……っ!?」

すると、恵里菜は「ぷはっ」と息を吐き、粘液まみれの男根を解き放つ。

「官能小説を書いたことが、イメージトレーニングになったのかもしれません……っ。でも、これからです。もっともっと、先輩を気持ちよくしてみせますからっ……」

口に絡む先走り汁で、一途《いちず》な決意をニチャつかせ、彼女はおもむろに立ち上がった。

「私……次は先輩の上で動きますっ……！」

いよいよ騎乗位に入ろうというのだろう。

慎吾もすでにブレーキが壊れている。床の上にあった両足をマットレスへ乗せる。

「俺はこうすればいいんだな？」

「はいっ……お願いしますっ……」

恵里菜が頷いたので、そのまま仰向けに寝そべった。なんだかまな板の上の鯉みたいな気分だが、後輩の顔も真っ赤に染まっている。

「ちょっとだけ……待っていてくださいっ」

そう言って、彼女は背中を見せた。まずは赤い縁の眼鏡を外してベッド脇の台へ置き、深呼吸を挟んだあと、スクールベストの裾を持ち上げる。首周り、肩周りから、ベストをどんどん抜いていき、いったん隠れた後頭部も、すぐにまた外へ出した。

「ふうっ……」

布地が引っかかったせいで、ショートボブの髪は少し乱れかけたが、それを恵里菜は手の先で整える。

当人からすれば日常的な仕草だろう。しかし親しい女子の脱衣シーンなど、慎吾には別世界の出来事めいている。

(まあ……水本さんだって、恥ずかしくて回れ右したわけだよな……)

そう考えて、彼は視線を天井へ据えた。名残《なごり》惜しさも大きいが、我慢、我慢と、自分へ言い聞かせる。

そこへ届くのが、さらなる息遣いと、衣《きぬ》擦れの音だ。

「ぁン……んっ……くぅ……ふ……っ」

「っ……！」

慎吾は触れるもののない屹立がもどかしかった。亀頭の中で微細な何かが蠢《うごめ》くようで、追加の先走り汁もジュワッと浮き上がる。

やがて、恵里菜が呼びかけてきた。

「お待たせしました、先輩……」

「……！」

慎吾は飛び跳ねるような勢いで、身体ごと向き直ってしまった。その反応だけでもみっともないが、恵里菜を見るなり、低い唸り声まで溢れ出る。

「き、綺麗……だな……水本さんの身体……っ」

いちおう、後輩の柔肌の上には、水色のブラジャーとショーツが残っていた。下着はどちらもフリルで飾られて、少女趣味が愛らしい。

だが校則どおりに着こなす制服と比べ、露出度が高すぎた。

剝き出しとなった四肢や腰は、無駄な肉がいっさいないように細く、それでいて、少女らしい曲線美も際立つ。カップで守られたバストだって、ささやかながら丸みを描く。

しかも慎吾が目を凝らせば、股間部に愛蜜の染みまでできていた。

この執拗な眼差しに、恵里菜もモジモジ身じろぎする。

ただ奇妙なことに、一度外されたはずの眼鏡は、再びあどけない顔の上に戻っていた。

「それ、かけ直したのか？」

聞けば、恵里菜は恥じらいへやる気を上書きしたらしい。

「……はいっ。先輩の感じてくれる顔、ちゃんと見ながらやりたいんです……っ」

「そ、そうか……」

作中の「先生」が「私」から年下っぽく思われていたことを、慎吾は振り返った。

おそらく自分も同じだろう。セックスの間、ずっと後輩から見下ろされることになるのだ。

恵里菜も唇を引き結び、狭いベッドへ乗ってきた。

のみならず、顔をわずかに伏せながら慎吾の腰を跨いで、左手の指先でショーツのクロッチを横へずらす。

「ぉっ……」

現れた女性器へ、慎吾は瞬時に気持ちを引き寄せられた。

(これがっ……水本さんの……っ)

もう目線を制御できない。しかも天井の照明を消しそびれたため、細かいところまで視認できる。

恵里菜の割れ目は縦一筋に近く、それを挟む大陰唇も、ふっくら盛り上がるラインが柔らかそうだった。逆に端をはみ出させる二枚の小陰唇は、赤っぽく充血してもまだ、未成熟に薄い。

総じて、野卑な怒張で貫いていい場所なんて信じられなかった。

ただ、下着まで湿らせたほどだから、愛液の量は多い。ヌメりは初々しい秘所に妖しい光沢をあと付けし、淡い陰毛も肌に貼りつかせる。

「……失礼します、先輩……っ」

「う、おっ!?」

慎吾が見惚れていられた時間は短かった。

恵里菜が右手で、そっくり返る竿の中ほどを摑んだのだ。

とっさに後輩の顔を見直せば、彼女も羞恥が振りきれているらしい。下向きのままの赤い顔へ運動後のような汗が浮いて、肩が微かにわなないている。

それでも肉幹は垂直に起こされて、根元へかなりの重みがかかった。いっしょに亀頭も伸びきって、慎吾は牡粘膜が弾けそうだ。

しかも、下りてきた小陰唇が、濡れた谷間に鈴口を挟み込む。

クチュリ――!

「く……あっ……!?」

牡肉はいっそう疼きだし、いちおうはスムーズだった後輩の動きも、急に止まってしまった。

「ぁ、ふっ……んんぅっ……!」

恵里菜は中腰状態で、太腿の砕けそうな雰囲気を漂わせだしている。

やはり初体験のうちから、自作のヒロインみたいな腰遣いなど、不可能だったのだろう。

それでも彼女はあきらめず、摑んだ怒張を前へ後へ傾けた。

「は、うぅうっ！」

大事な場所で摩擦が始まって、伏せかけの美貌は泣きだす間際みたいに歪んでしまう。

しかもこれだけ頑張ってなお、なかなか挿入に適した角度を見つけられないらしい。

「ぁっ……んく……っ……すみません、先輩っ……！　私、ちゃんとやりたいのに……！」

「やっ……慌てなくていいんだよ……ゆっくり、ゆっくりで……っ」

慎吾も解《ほぐ》された竿の底が痺れ、牝粘膜に当たる切っ先が、焼け焦げるように熱い。

それでも歯がゆそうな後輩を落ち着かせたくて、年上らしい口調を心がけた。

この未熟な励ましに、恵里菜の体勢もいくらか持ち直す。

「は……いっ！」

返事のあとは、強張《こわば》っていた腰が小刻みに揺すられはじめた。

結果、性器同士の擦れ方は倍近くまで強まって、室内の気温と湿度も上がっていく。

「は、ぁんっ……ぁうう……！」

「ぅ、くぅうっ……っっ……！」

息詰まる時間はジリジリと過ぎ、ついに鈴口周りが膣口へ潜りかけた。

「ぁんっ！　やっ……やりますっ！」

震えを堪えて言い放つや、恵里菜はいきなり動く速度を上げた。きっと最後の迷いを捨てたかったのだろう。股間は一息に下ろされて、生娘の証《あかし》もプチリと破られる。

「くおっ……！」

膜が示す微かな抵抗に、慎吾は息が弾んだ。

とはいえ、恵里菜の下降は予想を超える勢いで、儚《はかな》く貴重な感触なんて、あっという間にかき消してしまう。

肉穴は剛直を咥え込みながら、無残に引き裂かれんばかりだった。さすがに一瞬、下降へブレーキをかけようとする気配も混じったものの、彼女の踏ん張りは功を奏さない。ただ膣肉だけが縮こまって、よけいに粘膜同士の衝突を強めてしまう。

「やっ、ぅやっ、あぁああっ！　ひきゃ……あ……う、あ、先ぱ……ぃっ、つぁあぁあっ……!?」

結局、恵里菜が止まれたのは、怒張を最深部まで迎え入れたあとだ。

これでは楽になれるはずもなく、四肢は熱病で浮かされたように震えっぱなしとなった。紅潮した美貌からは、ズレた眼鏡が落ちそうだった。

さらに慎吾だって、童貞卒業のときとは大違いの激しい結合に、意識が吹っ飛びかけている。

滾《たぎ》る亀頭——それにエラの張り出しは、滝さながらに迫る媚肉の群れで、徹底的に磨かれた。竿も質感にやられて寸詰まりになりそうだし、鈴口は弾力に満ちた子宮口でググッと圧迫される。

「お、ぅ、おぅううっ!?」

慎吾の咆哮たるや、手負いのオットセイさながらだ。それもなす術《すべ》なく、捕食される寸前のシチュエーションだった。

反面、腰はブリッジでも描くように跳ねかけて、その乱暴な動きを防ぐには、筋肉が攣る寸前まで尻を縮こまらせるしかない。だが踏ん張ったとたん、今度は毛穴がひりつくほど汗が滲む。

「つぐっ!?」

彼が無様に足がく間、恵里菜の悶絶も続いていた。だが、彼女は首をギクシャク横に振る。

「あ、あは……やっぱり、最初は上手くいきませんね……っ」

彼女は無理に笑うと、震える両手で眼鏡の位置を正した。さらにその腕を、自分の背中へ回り込ませた。

「どうする気、だ……水本さんっ……？」

慎吾がぶつ切りの語調で問えば、返事代わりにブラジャーのホックが外される。ストラップも肩からどけられて、支えを失くした下着は、慎吾の腹の横へ落ちた。

思わず慎吾はカップの水色を目で追ってしまう。それから慌てて恵里菜を見返せば、後輩少女は怯《ひる》む表情のあと、気丈に肩をグッと反らした。

「お願いです……私を見守っていてください……っ。そうすれば……勇気が湧いてくるんです……っ」

「あ、ああ……うんっ……」

慎吾も目をしばたたかせ、すがめるようになっていた瞼を柔らかくする。

「やっぱり綺麗だよ、水本さんは……っ」

たとえば下着の支えを失くしたバストは、いちだんと小ぶりに見えるものの、こんな崖っぷちであっても、可憐さを残す。頂《いただき》でしこる乳首だって、円形の乳輪と揃って澄んだピンク色なのが、エロいというより愛らしい。

さらに括れた腰の中央には、完璧な形で窪むお臍があった。

ショーツの陰で牡肉を咥え込む割れ目ですら、単純に淫靡とは言いがたい。押しのけられた陰唇は、あとで元に戻れるのか心配になるほど開ききり、多量の汁がＳＯＳのサインじみている。

そこに恵里菜のか細い声が降ってきた。

「恋人にしてくれるならっ……私の身体はずっと、先輩のものです……っ。今から動きますので……その感触も、試してみてくださいっ……」

「っと、待った、待った！　水本さん、あまり急ぎすぎないでくれ！」

慎吾は慌てて説得する。

だが、恵里菜も頑固にかぶりを振って、結合部を前へ突き出してきた。

「私……だいぶっ、楽になったんです……っ」

刹那、亀頭に対する媚肉の当たり方が変わる。襞は亀頭の表を上向きになぞり、同時に裏側を逆方向へ撫でた。

しかも、恵里菜が身体を後ろのほうへも揺すりだすと、愉悦の向きは逆転だ。

ブランコ遊びさながらのやり口は、彼女が書いた小説の実演めいていた。ずっぽり収まる男根も一定のリズムで揺さぶられ、肉襞と触れ合うすべての部分から、慎吾は熱い痺れを練り込まれる。

「水本さんっ……頼むから、無茶はしないで……く、れっ……ぅうっ!?」

「は……ぁっ……先輩の、おち……おち×ちんっ……大きい、ですぅうっ！」

やがて、恵里菜は口の端をぎこちなく上げた。

「私っ……先輩と繋がっているのが……っ、は、う、ぅうんっ……とてもっ、嬉しいんですっ……！」

そこからは発言を裏づけるように、捻る動きまで交えられだした。

亀頭は蛇口さながら、右へ捏ねられ、左側へ捻られる。慎吾も尿道が緩みかけるのを感じ取り、急いで股間を引き締めた。

「ほっ……本当にっ、身体……なじんできたのかっ……!?」

いくらなんでも早すぎる。そうとう、無理しているのではなかろうか。

しかし、恵里菜はついに二本の脚へ、ありったけの力をこめだした。

今まで高さだけは一定に留めていた膣口を、グイッと浮かせたのだ。当然、牝襞も上昇し、カリ首の段差を捲ろうとする。隙間なく密着した亀頭周りも、ズリズリなぞり上げていく。

「あ、ふっ……んぁぅうくっ……！　大丈夫ですっ、ちゃんと……感じます……！先輩のおち×ちんがっ……ぬ、抜けてい、くぅぅうんっ……！」

この牡粘膜をぶっこ抜くような肉悦に、慎吾も考えを改めた。もはや気遣いなど逆効果だろう。話を合わせるほうが、恵里菜もやりやすいに決まっている。

「あぁっ……そうだなっ……俺のチ×ポっ……水本さんから出てきてるぞ……っ！」

答えながら股間へ目を戻すと、露出した牡肉の表面で、愛蜜と我慢汁が細かく泡立っていた。さらに破瓜《はか》の赤い血も、わずかながら付いていた。

「お……!?」

ロストバージンで出血するのを、慎吾は初めて実感だ。

とはいえ、エラまで解放した恵里菜の蜜壺は、またもペニスを呑み込んでいく。

亀頭も、竿も、熱い膣内へ隠されて、長く貫かれっぱなしだったお返しをするように、濡れ襞がこぞって殺到した。

「く、ぉううう……っ!?」

荒れ狂う快感に、慎吾は気遣いの念すら蒸発しそうになる。

一方、股間を落としきった恵里菜は、満ち足りたような息を吐く。

「ああ……私……っ、こうして先輩の上にいると……小説みたいな気分になってきます……！　先輩が……可愛く思えるん、です……っ！　こんな想いはっ、失礼っ……

でしょうかっ……？」

「い、いいやっ！　水本さんの好きなように……やってみてくれっ！」

慎吾も射精の危機を隠して頷いた。

とたんに恵里菜の目元が、嬉しそうに綻《ほころ》ぶ。腰も真上に動きだして、そこから休みないピストンへ切り換わった。

さっきまでギリギリに見えた肉穴は、もはや喜んで怒張を食《は》むようだ。そのくせ、狭さは和らがず、亀頭の丸っこさも、エラの出っ張りも、執拗に絡め取っている。

「くぁおっ……水、本さん……っ!?」

「はいっ……先輩っ……先輩ぃっ！　私っ……先輩に抉られてぇっ、身体が熱いっ、ですぅっ！　こんなにすごいことっ、知ってしまったらっ……もうっ、今までの自分じゃっ、いられなっ、いっ、ですっ……ぅひぃいんっ!?」

薄い胸が揺れ、髪が揺れ、止め処《ど》ないよがり声によって、唾液で濡れた赤い唇まで、もう一つの性器さながらに波打つ。

しかも恵里菜は、十分速まったと思えたテンポを、さらに上げてきた。

膣口は十数センチもある長い肉棒を、亀頭近くまでいっぺんに吐き出して、それから同じペースで迎え入れる。先ほど自身を苦しめた落下じみた腰遣いを、意図的に連発しはじめたのだ。

だから慎吾の股間へも、天井知らずに愉悦が積み重なった。

こんなすごい疼き、経験の浅い彼には捌《さば》くなんて難しい。ちょっとでもしくじれば、尿道が緩んで射精の準備へ突入しかねない。

「く、ぐぅううっ！」

堪らず歯を食いしばったため、後輩にかける言葉も途切れてしまった。が、それをどう解釈したか、恵里菜は哀願めいた口調で訴えてくる。

「ひ、あっ、はぁあんっ……先輩も感じてっ……くださいぃっ！　私っ、そのために始めたんですっ！　やっ、あっ、あっ！　このままじゃっ、自分だけ気持ちよくなる悪い後輩にっ……なっちゃいますぅうっ……！」

「だ、大丈夫……だよっ！　俺、水本さんと繋がった瞬間からっ、ずっとジンジン来てる……！　イクまでずっと、こうしていてほしいんだ！」

慎吾も必死に息みながら、本音をぶちまける。

それで恵里菜もますます発奮し、無数の襞を怒張に擦りつけた。髄まで浸透させた肉悦は、過剰な締めつけで定着した。

「ふぁはぁあんっ！　わ、私もっ、先輩とイキたいですぅうっ！　大事な場所をかき

回されながらっ……やっ、ぁあんっ！　先輩のおち×ちんっ、凄すぎますぅうう
っ！」

「水本さんっ!?」

さっきまで痛みに耐えていた彼女から、アクメ願望まで飛び出したのだ。しかもこの口ぶりからして、絶頂がどういうものか、ちゃんと知っている。

「水本さんっ……前に自分でイッたことあるんだなっ！　そうなんだろっ!?」

慎吾は欲情任せに問い詰めた。

のみならず、ここまで動かすのを我慢していた肉棒で、落ちてきた膣壁を迎え撃つ。

「うぁっ！　ひぁああっ！　せ、先輩ぃいっ!?」

蜜壺を力任せに突貫されて、恵里菜も倒れんばかりに裸身を後ろへ傾けた。だが、恋しい相手へ嘘は吐《つ》けないらしい。頬にかかった黒髪を片手でかき上げながら、はしたなく真相を暴露する。

「は……ぁあっ！　わたっ、しぃっ……前から何度もっ、何度も先輩を想ってっ、じ、自分で……ぇえっ！」

「だからっ……絶頂を知ってたんだなっ!?」

「それは、昨日っ……先輩が書いた小説とっ、ぃ、いただいた感想を読みながらっ

……指でっ……してっ、あぁあんっ！　生まれて初めてイッちゃいましたぁあ……！」

羞恥責めに耐えかねたらしく、彼女は落としきった腰を滅茶苦茶に捩った。

おかげで慎吾の亀頭はまたも蛇口扱いだ。限界間近の粘膜なのに、左へ、右へ、斜めへも、徹底的に捻られてしまう。

「お、おうぅうっ⁉」

「やっ、やぁあんぅうっ！　先輩っ……私をっ、き、嫌わないでくださいぃいひっ！」

恵里菜は腰を振りながらむせび泣いた。雫は元から垂れていた随喜の涙や汗と混じり、紅潮した頬をグチョグチョに濡らす。

だが、慎吾が彼女を嫌うはずもない。むしろ期待以上の自白で、欲望の炎が燃え盛る。こうなったら後輩に、本番セックスのオルガスムスも味わってほしい。

そういえば小説内の「先生」も騎乗位を受け入れながら、両手を使っていた。

思い出した慎吾は、右手を恵里菜の乳首へ差し向ける。左手も結合部へ伸ばす。

まずは狙いやすい乳首を摘まみ上げてみる。ピンクの突起はみっちり締まって、弾力混じりに硬かった。そこを激情のまま捻るなり、乳首は恵里菜自身の抽送によって、千切れんばかりに伸ばされる。止まらない鳴き声も裏返る。

「は、んぁあっ！　はひっ、いっ！　ぃひぃいいんっ!?」

次いで左手がショーツの陰へ到着だ。慎吾はさっそく指先に、多量のヌルつきを感じ取る。

「お、う……水本さんっ、もぉそこら中がエッチだなっ……！　か、可愛いよっ！」

叫ぶ彼が標的としたかったのは、膣口より上にあるはずのクリトリスだ。

その包皮と思《おぼ》しき莢《さや》みたいな形の場所は、恵里菜が狼狽《うろた》えている間に発見できた。

「や、んひぃいいっ！　やっ、先輩っ、そこはっ、そこはぁああっ!?」

「弄《いじ》ったことっ、あるんだな……っ！　水本さんっ！」

後輩の焦る素ぶりによって、慎吾は皮の陰に陰核があると確信する。

さらに揺れて位置の定まらない皮を剝けば、期待どおり、ピンクの突起が登場だ。

その極小の一点を、有り余る昂りを流し込むつもりでなぞったとたん、恵里菜は感電さながらのけ反った。

「あひぃいっ！　つやっ、あっ、やぁああっ！　せ、先輩にそこを触られたらぁあっ！　私っ、私ぃいいひっ!?」

ただでさえ狭い膣肉も、救いを求めるように男根を搾る。責める側となったはずの慎吾は、脳の血管が焼き切れそうな肉悦に苛《さいな》まれた。

「つおっ、おぉおっ……！　み、ずもっ……さっ……!?」

切れぎれに呼びかけたものの、もう恵里菜にはほとんど届かないらしい。

彼女は焦燥も愛欲も決壊したように、馬乗りでよがりまくっていた。

クリトリスが前へ差し出され、直後に後ろへ逃がされる。腰全体が不安定に打ち震え、直後にまたも前進だ。

「ひぁああっ！　やはっ、せ、先輩っ、許してくださいっ！　そこは本当に弱いんですっ、痺れすぎちゃうんですっ！　ぅあっ、うぁはああんっ！　そこはっ、駄目ぇえぇえっ!?」

もはや言葉と動きが支離滅裂だった。

慎吾だって愉悦に意識を焼かれどおしで、あとのことなど考えられない。直感的にシーツへ埋めた尻を、彼はマットレスの反発力で弾ませた。鈴口をひしゃげさせる子宮口を、下から立て続けにほじってやった。

この勢いに圧《お》されてか、恵里菜もピストンを再開させる。とはいえさっきまでのリズムは失われ、短いストロークで膣内を攪拌したかと思えば、唐突に怒張が抜ける寸前まで肉穴を高く上げる。

「は、ぁっ、ぁあああっ！　私っ、壊れそぅですっ！　なのに止まれなっ、ぅぁああんぅうっ⁉」

ジュポジュポッ！　グヂュッ！　グプボポッ！

愛液の音も最高潮だし、慎吾はもうこれ以上、持ちこたえられなかった。

彼は部屋へ充満する性臭に酔いしれながら、無我夢中で後輩の名前を吠えたてる。

「イッてくれっ、恵里菜さんっ！　俺もっ……俺もっ！　イクからっ！」

「いっ、ぅひぃいいんっ⁉」

これこそ恵里菜へとどめを刺すキーワードだったらしい。彼女は汗みずくの裸身を一際わななかせ、熱い秘洞を落下させる。居並ぶ牝襞を片っ端から、慎吾へ擦りつける。

「し、慎吾先輩ぃいいっ！　この先っ、あなたからどう思われてもっ！　ぃ、いやらしすぎて軽蔑されちゃってもぉおっ！　ずっとっ……ずっとぉっ、大好きですぅううううっ！」

喚き散らしたあとは、身体を上下に操ることが不可能になったらしく、前後左右へグラインドさせた。

「あっ、やっ、イクのっ！　イキますぅううっ！　い……イぃいっクぅううっ、はぁぁああああ……っ!?」

「恵里菜さんっ……イケッ！　イッてくれっ！」

慎吾も負けじと腰を上げ、ノーガードの肉壺をほじくり返す。

その猛攻に、とうとう恵里菜はのけ反ったまま天井を仰いだ。背すじも、手足も、肉穴も、ことごとく極限まで竦《すく》ませた。

「ぁあおぉおおおっ！　は、ぁあおぉおおふっ！　先輩ぃいっ、先輩のおち×ちんっ……しゅごっ、いっ……いひいいんぅぅうっ！　ぅおあっ、ぁぁあああっ！　はっうやぁあぁんはぁあぁあああーーーーっ!?」

処女を失ったばかりでありながら、なりふりかまわないアクメぶりだ。

自滅じみた腰の使い方をしていた慎吾のほうも、法悦が神経からはみ出さんばかりに肥大化している。ザーメンは間欠泉さながら昇ってきて、細い尿道を踏み荒らした直後、恵里菜の子宮へ迸《ほとばし》った。

「お、ぅぉおおおっ!?」

恋人にもなってもいない女子の胎内を、慎吾はまたも容赦なく汚してしまったのだ。

しかも今回は、乳首と陰核を指で転がしている最中に……。

「は、ひっ……あ、おっ……ぉっ……慎吾、先輩ぃ……っ……ひ……ぉほぉぉ……

っ!?」

　恵里菜のあられもない悶絶は、果てたあとも長々と続いた。

　二人で同時に昇天し、さらに数分ほど経つと、ようやく興奮が鎮まってきた。己の中からペニスを抜いた恵里菜は今、慎吾の胸板へぐったり倒れ込んでいる。

「先輩……呆れていますよね？　私……先輩に悦んでもらいたいなんて言いながら、後半は自分勝手なやり方ばかりで……」

「いいんだよ。俺だって、恵里……水本さんに悦んでもらえたら嬉しい」

　慎吾は右手で黒髪を撫でてやった。

　すると自罰的だった後輩から、少しだけ強張りが抜ける。

「私のこと……これからも名前で呼んでください……。やっぱり恋人の座はあきらめたくないです……っ」

「うん……恵里菜さん……」

「あぁっ……」

　彼女は感極まったように、慎吾へ頰ずりした。それから思いつめたような声音《こわね》で小さく呟《つぶや》く。

「私……今日のことを全部レイに教えようと思います」

「えっ!?」

「だって、不安なんです……。先輩とレイは会って間もないのに、お互いの素敵な表情をいっぱい引き出し合えて……このままだと、二人の中から私の居場所がなくなってしまいます……っ」

「………わかったよ。でも、その場に俺も同席させてくれ」

慎吾は意を決した。中途半端な甘い夢は、そろそろ終わらせるべきだろう。

ずっと探していた答えも、今、彼の中で固まった。

その気負いが口調へ滲んでいたらしい。恵里菜も決意の籠った顔で頷く。

そして、いよいよ次の日曜日――。

慎吾たちは昼過ぎを待って、水本家のダイニングキッチンに集まったのである。

第五章　後輩姉妹の秘粘膜

いくら気持ちを固めたつもりでいても、並んで椅子へ座る姉妹を前にすると、慎吾は緊迫感が凄まじかった。

恵里菜も、麗佳も、唇を引き結んで、上目遣いで見つめてくる。

彼女らとの間のテーブルには、人数分のティーカップと、クッキー入りの大皿があったが、誰もそこへは手を付けない。

すでに教室での性体験と木曜日の秘め事は、姉妹の口からつまびらかとなった。

次は慎吾が、思うところを明かす番だ。

「……俺は」

彼が吐露しようと決めたのは、どうしようもなく馬鹿げたことだった。決して通るはずがないと、自分でもわかっていた。

「俺はさ……うん……恵里菜さんも、麗佳も、二人とも好きなんだ。どっちか片方なんて決められない。だから……この先ずっと、三人で付き合っていきたいよ……」

あまりにもムシがよくて、慎吾は口を動かしながら謝りたくなる。

しかし、目の前の二人は愛情表現のために身体を張ってくれたのだ。となれば、こちらだって本音でぶつかる他にない。

恵里菜といっしょなら、図書委員の仕事も、他愛ない雑談も、すべてが楽しい。

麗佳には何度も心を乱されたが、今や垣間《かいま》見える純な人柄が愛おしい。

一時しのぎでどちらか選んだところで、いずれ全員が不幸に陥《おちい》るだろう。翻《ひるがえ》って自分だけが切り捨てられるなら、姉妹仲はいずれ修復される――かもしれない。

ただ、今から烈火のごとく怒りだす二人を想像すると、智也はこの世の終わりみたいな心地に苛まれた。

それなのに――麗佳は考え込むような置いたあと、一転、気楽な態度で天井を見上げたのだ。

「やーっぱり、そうなっちゃいますよねー。あたしもリナも上に超がつくほど可愛いし。どっちか選べとか迫ったって、無理なのはわかってました」

「え？」

続けて恵里菜までが、目線をクッキーへスライドさせつつ、ホッとした口調で呟く。

「私……レイだけが選ばれるかもって、ずっと怖かったんです……」

「いや、いやいやいやいや……！　俺はこれからも二股かけつづけるって言ったんだぞ!?」

慎吾は思わず腰を浮かせた。

とたんに麗佳の目元へ、人の悪い笑みが浮かぶ。

「今の告白、自分だけが悪者になるつもりで言ったでしょ？」

「っ……」

鋭い指摘に、慎吾もたじろいだ。そこへさらなる追い打ちだ。

「振られるのが前提ってことは、あたしたちをあきらめるつもりだったんですか？　あっさりと？　やり捨てみたいに？」

「そ、そんなわけない……！　二人は俺のっ……最高の幸せだよっ！」

そこで恵里菜が、取り成すように口を挟む。

「先輩……気持ちを押しつけたのは、私たちが先なんです。先輩がどんな答えを出したって、向き合う決心はできていました」

しかし、直後に子供っぽい不満も、眼鏡の奥をよぎった。彼女の矛先は、隣の麗佳に向けられる。

「そもそもレイが割り込んでこなければ、私と先輩だけの問題で済んでたんだよね？」

「やー、あたしが引っかき回さなきゃ、単なる先輩後輩のまま、卒業式まで行っちゃってたよ、きっと。第一さ、敬称略で呼ばれるあたしのほうが、断然、本命っぽくない？」

「ぽくないよ。私は『さん』付けで呼んでもらうほうが、大事にされてるって感じるし……っ」

「……ほほぉ？」

姉妹は軽く睨み合う。続けて慎吾へ、吹っ切れた表情を見せた。

「つまるところ、あたしもリナも根が問題児なわけです。センパイとはお似合いなんじゃないでしょーか？」

「どう、だろうな……っ」

慎吾はまだ、成行きへついていけない。

「俺に都合がよすぎて、正直、現実感が湧かないんだ。どこかの作家が書いた、雑な官能小説の主人公にでもなった気分だよ」

「違いますよ、先輩っ。これは私たち三人が、本気で欲しいもののために突き進んだ末の答えなんです。もしもここが官能小説の世界で、今いる全員が登場人物だとしても……私は自分の結論に胸を張れますっ」

思いがけないタイミングで、恵里菜が声を大きくした。

「フィクションのキャラクターだって、生身の人間と同じです。個性や感情、経験の積み重ねに沿って考え動くんですから……っ。先輩が書いた短編とか二宮怜歌さんのお話も、そうですよね？」

「まあ……確かにな、うん」

恵里菜の言うとおりだった。

部誌の小説が彼女の胸へ響いたのは、主人公が手綱《たづな》を離れて、慎吾の熱い代弁者と化したからだろう。

怜歌と「俺」の性行為も、彼女らの気性に合わないと感じた描写は、片っ端から修正している。

半人前の自分の小説ですら、そうなのだ。空想上の存在だって、断じて作者の便利な操り人形ではない。

ともあれ、恵里菜は小説絡みとなるや、直情的な面を見せる。麗佳も横から苦笑交じりにたしなめた。

「おーい、論点がズレてるよー？」

「えっ……あ、ごめん……っ」

我に返って、恵里菜は赤面した。しかし今の力説は、慎吾を前向きに変えてくれた。何もかもあきらめるつもりでいたのに、恵里菜と麗佳からは好きだと言いつづけてもらえる。だったら……。

彼は両手のひらをテーブルにつき、深く頭を下げた。

「二人とも、これから……よろしく頼む」

「はーい、頼まれました」

「私たちこそですっ。これからも先輩を困らせてしまうかもしれませんけれど……っ」

「要するに、おあいこってことか……？」

聞きながら顔を上げると、麗佳は腕を組み、おおげさにふんぞり返っていた。

恵里菜は安らいだ目つきで見つめてくる。

「おあいこって、いかにも恋人同士みたいで素敵です。慎吾先輩……恋人として、私たちはどんなことから始めましょうか？」

「……うん。いっしょにクッキーを食べて、紅茶を飲もう。このクッキーって恵里菜さんの手作りなのか？」

「そうなんですっ。やっと食べていただけますねっ」

恵里菜の表情がパッと輝いた。

そこへ麗佳も乗っかってくる。

「じゃあ、じゃあっ、ご馳走様のあとは、普通じゃやれない三人エッチとかどうですか？　ハーレム展開は男子の夢ですもんねっ」

「……その意見は偏見が過ぎないか？」

「あー、やりたくないんですかぁ？」

「………」

またも本音を見抜かれてしまった。正直に言えば、やってみたい。とっさに恵里菜の顔を窺《うかが》うと、彼女も頬を染めて小さく頷《うなず》いている。

ここは正直が一番か。

慎吾は力をこめて、二人に告げた。

「やりたいよ。今日は時間をたっぷり使って、どエロいことをさ……！」

ティータイムのあとにすることは、これで決まりだった。

ズブ……ブプッ……。

慎重に、緩慢に、慎吾は節くれだった勃起ペニスで、麗佳の割れ目を貫いていく。

場所は水本家のリビングへ移り、ある程度の前戯も済んで、今や麗佳はカーペットの上で仰向けだ。

窓に掛かるカーテンだったら、隙間なく閉めている。それでも夕方よりだいぶ早いため、互いの身体がよく見えた。

「は、うっ、ぁうぅうんっ……センパイ……ぃい……！」

もう麗佳の肢体には、髪留め以外のパーツが残っていない。胸も股間も無防備の、あられもない丸裸なのである。

さっき、彼女が下着まで脱いだ際、並んだ乳房はお椀を伏せたような曲線を描いていた。こうして横たわったあとだって、ほのかな丸っこさが残る。併せて肌の透明感、サクランボみたいな乳首の尖り方は、恵里菜とどこか似ていた。

その正面で、慎吾も素っ裸だ。胸や背中に当たる空気はこそばゆく、尻あたりが落ち着かない。彼は照れくささを押しのけるため、殊更に股間へと意識を傾けた。

「つ、く、ぅうぅっ……れぃ……かっ……！」

形のいいバストと違い、麗佳の大陰唇は姉より少し肉薄だろう。ただ、初々《ういうい》しさなら二人とも変わらない。しとどに濡れそぼち、小陰唇を充血させてなお、鈴口をあてがわれる瞬間まで、割れ目は奥への道を懸命に隠そうとしていた。

そこが今、メリメリ拡張されていく。

膣口の変形ぶりときたら、身の丈に合わないものを頬張ったせいで、息継ぎすらできなくなった口さながらだ。内側では牝襞も熱く潤い、寄ってたかって亀頭の前進を阻《はば》もうとする。無理に潜り込んだカリ首から下も、執拗なまでに絡め取る。

堪《たま》らず、慎吾は低音の呻《うめ》きを漏らした。

「う……おおっ……!?」

「あっ……あぁあぁ……ん、ぅうっ……! く、ぃひううううっ!」

麗佳の喘ぎも、罠にかかった動物めいてきた。

やがて怒張は膣奥まで到達し、鈴口が子宮口に圧し返される。

「くっ……!」

ペニスの痺れは募る一方だ。しかし初体験のときより、スムーズにやれたと思う。

「わかるか……俺、また奥まで入ったぞ……っ!?」

そんな慎吾の呼びかけに、麗佳が閉ざしていた瞼をぎこちなく開いた。

「んんっ……はいっ。えぇ、と……周りが明るいと……すごく照れます、ね……っ」

彼女は真っ赤な童顔に、強がり混じりの笑みを浮かべる。

ここでしばらく黙っていた恵里菜が、おもむろに動きだした。

彼女がいるのは、麗佳の左脇腹近く——慎吾からすれば斜め前の位置で、姿勢はかしずくような膝立ちになっている。

「慎吾先輩……次は私の番です……っ」

もはや恵里菜も赤い縁の眼鏡以外、まったく身に着けてない。弾みで顔を向けた慎吾は、細い裸を目《ま》の当たりにした。

麗佳を見たあとだけに、バストサイズはいっそう小さく思える。手足も華奢で未成熟だし、秘唇は愛液の鈍い光沢とアンバランスに、プルンと盛り上がる様があどけない。知的な顔立ちを除けば、おおよそ妹より年下っぽい。

その肢体が慎吾へ寄せられる。背すじは伸びをするように反らされて、赤らんだ顔は上を向き——チュッ。

刹那の口づけが、二人の間で交わされた。

実は行為を始める前から、順番を決めておいたのだ。

セックスは先に麗佳がする。慎吾のファーストキスは恵里菜がもらう。

だが頭でわかっていても、慎吾は胸のど真ん中を射抜かれた。唇は張りも生気もたっぷりで、清純さが形になったようだ。しかし、ここは数日前に、恵里菜が初めて男根を絶頂へ導いた場所でもある。

彼女はスッと身を引き、うっとり微笑んだ。

「うふふっ……キスはお互い、初めて同士でできましたね……」

「ああ……うん……」

そこで今度は、麗佳が不満げに声をあげた。

「や……んっ！　リナの馬鹿っ……今いい雰囲気だったのにぃ……っ！」

のみならず、彼女は腰を上下に波打たせる。牝芯へ突き立つ肉幹も、巻き込むかたちで振動だ。

「く……おっ……麗佳っ!?」

抽送の開始前から、慎吾は精液が噴き上がりそうだった。甘いキスの余韻すら、一瞬で霧散してしまった。

すかさず恵里菜の喉が、寂しげに鳴る。

「あ……先輩……っ」

3Pというのは、想像以上に忙しい。

ともかく麗佳を待たせていたのは事実だから、慎吾は後ろ髪を引かれつつ、股間で繋がる彼女へ向き直る。

波打つ媚肉へやり返すために海綿体を硬く凝縮させて、一息のうちに腰を下げた。

それから、溜めた力で突進していく。

「ぐ、おぉおっ……!?」

反撃目当てだったのに、牡粘膜が疼いてしまった。

ただ、麗佳の抗議も喘ぎ声へと変わる。美乳は真上に突き出され、表面がプルプル波打った。

「はぁあっ、あ……ああぁんっ!?」

恵里菜と比べて陰唇が薄い分、衝突がダイレクトに響いたのかもしれない。

この光景を見れば、慎吾も奮ってピストンに挑んでいける。

引いて、押して、それから引いて――動くにつれて速度も上がり、次々と向きの変わる肉悦は、神経を過激につま弾いた。

「つ、おっ、くぐっ……麗佳っ！」

麗佳は、律動で位置の定まらない眼差しを、熱っぽく向けてくる。

「ふぁああ！　やっぱりっ……セックスってすごいですよぉっ！　まだ二度目なのに

っ……あっ、あたっ……しぃっ！　頭の中までめちゃくちゃになってるぅぅうっ!?」

しかし、まぐわいが盛り上がりかけたところで、慎吾は頬を恵里菜に押さえられた。

「駄目です、先輩……私のことも見てください……っ」

「あ……悪いっ……！」

慎吾はとっさに謝って、いっしょに腰まで止まってしまう。

その隙に恵里菜は麗佳の腰をまたぎ、慎吾の正面へ回り込んだ。彼の視界を、自身の小さな裸で占めてしまった。

とたんに麗佳が文句を吐き出す。

「あっ、ちょっと……これじゃ……っ……慎吾センパイの顔が見えないってばぁっ！」

だが、恵里菜はこれを聞き流した。慎吾へ倒れ込みそうな勢いで、二度目のキスまでやってのけた。

「んむっ……ふっ、ぁ、ぁあおっ……！」

「くっ……むぐっ、んぅおっ!?」

さっきも慎吾を取られそうだと心配していたし、遠慮していたら危険と判断したのかもしれない。

彼女の行動力は全開で、もう唇を触れ合わすだけでは終わらなかった。ねちっこく舌まで差し伸べて、慎吾の口元をなぞりだす。

「ぁうんっ……あむっ、ぇっ、え、うっ……んちゅぶっ……！」

「ふ、ぉうっ!?」

舌表面に並ぶザラつきは、元から牡の性感を煽るための器官だったかのように、絶妙な擦れ具合で神経を侵《おか》す。

慎吾はひとりでに口が緩み、恵里菜も機を逃すことなく、舌を奥まで押し入れた。

「はっ……ぁんっ……やぁんっ……慎吾ふぇんっ、ぱいぃっ……！」

彼女は唇の裏側や歯茎の縁まで、積極的に弄《もてあそ》びだした。こぼれる声音も嬉しそうだ。

だがいきなり、後ろで麗佳が実力行使に出た。

「こ、こらぁっ！　馬鹿リナっ、無視しないでよぉっ！」

パチンッ！　パチンッ！　パチィインッ！

正体不明の高い音が鳴りはじめ、恵里菜は飛びのくように顔を下げる。

「レイっ……何するの……っ！　やっ、やぁあっ!?」

「お、うぐっ……!?」

慎吾も何事かと目の焦点を下方へ合わせた。

すると麗佳は平手を浮かせ、腹の上にある姉の尻を、続けざまに叩いている。

さすがに強い力は乗せていないようだが、恵里菜の下半身は不安定に弾んだ。

「やめっ……いやっ……待ってっ！　先輩の前で変なことしないで……!?」

「ふぅんだっ！　リナなんてっ……みっともないところ、いっぱいセンパイに見られちゃえ……っ！」

姉妹のアブノーマルなじゃれ合いに、慎吾も愛欲を煽られた。彼は右手を斜め下へ伸ばし、恵里菜の股間へ指で触れる。続けて割れ目のラインに沿って、下から上へ撫でてみる。

すると驚くほどに、愛液の量は増えていた。これではまるで、麗佳に尻を打たれて発情してしまったみたいだ。

「ひっ、あぁあっ！　先輩ぃっ!?」

恵里菜は腿を突っ張らせ、両手を慎吾の顔から肩へ移した。

このすがるような素振りが、慎吾をいっそう発情させる。

「俺も恵里菜さんのこと弄るよっ。麗佳といっしょに感じさせたいんだっ！」

「あんっ……センパイぃっ……リナばっかり贔屓《ひいき》しちゃっ」

「わかってるっ。麗佳のことも気持ちよくしてみせるからっ！」

彼は突き立てっぱなしの怒張で、麗佳の子宮口を押し上げた。

気もそぞろで動いたために、亀頭へ跳ね返る愉悦は凶悪だ。麗佳もビクビクッと痙攣をする。

「やっ、んぁああっ⁉」

この声をBGM代わりに、慎吾は火照る恵里菜の小陰唇へ、中指の先を食い込ませた。指紋のふやけそうなむず痒さに抗って、極小の膣口を探り当てた。

「おっ……！」

悦びで声が弾んだ。

さらに一度は動揺しかけた恵里菜も、しゃくり上げる声音でせがんでくる。

「来てくださいっ……先輩っ！　このまま麗佳にされるだけじゃ……っ、そのっ……物足りないんです……！」

「わかったっ……入れるっ！」

慎吾は勢い任せに、彼女の芯へ指を潜り込ませた。

とたんに周囲の蠢動で、皮膚を捏ねくられる。麗佳によるスパンキングの揺らぎも、尻たぶを越えて伝わってくる。

パチーンッ！　パチーンッ！

「センパイっ……あたしのことも感じさせてくれるってっ……約束ですよぉっ！」

麗佳の手つきは出だしより荒っぽくなっていた。ともすれば、姉の柔肌に赤い手形を作りそうだ。

恵里菜も眼鏡をずらさんばかりに首を振って、妹へ許しを乞うている。

「お願いっ、レイっ、横入りしたのは謝るから……！　せ、先輩が入れてくれた指っ……ちゃんと感じたいのぉっ！」

彼女がもがけば、牝襞もセットで前後へ動きだす。指を男根さながらしごくようになる。

「お、あっ、恵里菜さんっ、そんなに暴れたらっ、俺の指が抜けそぅ……だっ⁉」

三人で責め合うこの状況に、慎吾は末梢神経が煮える心地だった。それでも右手を操って、臍寄りの肉襞を特に強く圧してやる。

「ひあぁあっ！　やっ……ぁああっ！　先輩っ……そこっ、気持ちいいですっ！　やっ、やっ……脚からっ……力抜けちゃいそぅっ、ですぅうう……っ！」

よがる恵里菜は上体を傾かせ、姿勢が変化したおかげで、慎吾は麗佳の痴態まで、いくらか見下ろせるようになった。

麗佳も視線に気づくなり、狼狽《うろた》え混じりに尻叩きを中断だ。

「あっ……やっ……せ、センパイっ……あのっ……あたしっ……！」

積極的に律動をねだっておきながら、駄々っ子めいた尻叩きを目撃されるのは恥ずかしかったらしい。

ただ、そんな矛盾も愛らしさの一つだろう。慎吾も満を持して、止まっていた往復を再開させる。

ジュブッ、ズプッ、グプブッ！

「くっ……おっ！　おおっ！」

麗佳の膣肉はいまだきつく、ジッとペニスを埋めるだけの間にも、射精へのカウントダウンが進行していた。そこからピストンをかかれば、引いた亀頭がすっぽ抜けそうに痺れだす。牝襞を押しのけた鈴口も、火を噴きそうに熱い。

麗佳も望んでいたはずの抽送に、パニック寸前の反応を見せた。

「ひぁああっ！　せ、センパイの意地悪ぅうっ！　待たされたあとにこんなのっ……あたし……っ、気持ち良すぎてっ、馬鹿になっちゃううううっ!?」

ふしだらな悶えは肉棒の底を解して、即座に精液を尿道へ呼び込みかける。

慎吾は慌てて筋肉を固め、荒れ狂う愉悦に全力で耐えた。その分、腰のストロークは短くなってしまったが、図らずも今までと違う動き方――膣奥に対する連続の突き入れとなる。

「お、おぅうっ！　くおっ⁉」

鈴口は目まぐるしくひしゃげだし、際どい疼きが止まらなくなった。射精を堪えたくて身を引き締めたのに、むしろ刺激は強まっていく。

「ひぉはぁあっ！　それっ、そのやり方ぁああっ！　すごいですっ！　中に……ぃっ、あたしの一番奥へっ、たくさん当たるのぉおっ⁉」

最深部を繰り返し打たれた麗佳も、仰向けの身体が強張りっぱなしだ。

彼女はヤケクソのように、姉への尻叩きを復活させる。あるいはこうすれば、身体の火照りをいくらか外へ逃がせると信じたのかもしれない。

ともかく、打擲《ちょうちゃく》音は再び空気を震わせて、尻と秘洞を挟み撃ちにされた恵里菜も、痛みを散らすように下半身を躍らせた。だがこんな動きをしては、自ら肉壺を嬲《なぶ》ってしまう。

「やっああんっ、先輩ぃいいっ！　これじゃ私っ、おち×ちんをもらう前からっ、感じすぎちゃいますぅうう……っ⁉」

「いいんだっ、恵里菜さんっ……どれだけ感じたって……！　ルールとかっ、そんなだ。


ものはないんだからっ！」

　慎吾は吠えるように言い聞かせながら、なおも指を屈伸させた。

　ここまで盛り上がった以上、麗佳だけでなく、恵里菜にだって果ててほしい。アブノーマルなプレイでよがる姉妹は猛烈に愛らしく、新しい魅力を発見できた気分なのだ。

　恵里菜も欲しかった許可をもらえたように、慎吾へしがみつく力を強くした。

「は、はいっ、先輩っ、私感じますっ！　先輩の指でっ、いっぱい感じますぅぅっ！」

　上半身の密着度は格段に高まった。温もりも、鼓動も、汗のヌルつきも、それに乳首のしこり具合まで、慎吾へダイレクトに伝わってくる。

「慎吾先輩っ……私をイカせてくださいっ……！　ううんっ……どうか先輩もっ、ィッ、イッてくださいぃいいいっ！」

「ああっ……俺もっ、二人のおマ×コでイクよっ！　このままっ、出すっ！」

　興奮が頂点を越えて、慎吾は中指だけで満杯だった恵里菜の膣内へ、人差し指まで追加した。さらに親指を芋虫さながら波打たせ、陰核があるあたりをまさぐった。

「イッてくれ……麗佳っ、恵里菜さん……！　ぅ俺もイクっ……イクからっ！」

恵里菜のクリトリスはとっくに肥大化し、包皮を中から押しのけていた。おかげで慎吾も簡単に突起を見つけられる。ヌルつきへ指が当たるや否や、恵里菜はふしだらにわななないた。膣肉もゾワゾワゾワッと縮こまって、二本の指を食い締めた。

「ひぁあああっ！　あっ、そこっ、またぁあっ……ふっ、ぅああんっ!?」

「ぐ、ぅうっ……！」

こんなに熱く脈打つ場所で、指が融解しはじめないなんて不思議だった。

慎吾は朦朧とさせられながら、麗佳への猛攻もヒートアップさせる。

ストロークは長いものへ戻し、竿のサイズに物を言わせた抜き差しで、膣口から子宮口までを無差別に掻き回した。

「ひぅやぁあああっ！　センパイっ……センパイぃいいっ！　何これっ、やだっ、やっ、やぁあっ、感じすぎてっ、あたし死んじゃぅぅううっ!?」

麗佳も尻叩きできる余裕を失ってしまう。

彼女は泣き叫びながら両手を恵里菜の尻へ貼りつかせ、新たに始まったのは、遠慮なしのマッサージだった。捉えた双丘を十指でたわませて、谷間をめいっぱい拡げてから、グイッと中央へ寄せる。仰向けの位置からだと、きっと伸び縮みする肛門まで丸見えだろう。

恵里菜もいよいよ卑猥になった尻責めをやめてもらおうと、半狂乱で首を揺さぶった。

「駄目っ、レイっ、駄目ぇええっ！　もぅすぐっ、先輩とイケそうなのにぃっ！　そんなっ、はひっ、はっ、恥ずかしいことばっかりいぃいっ！」

だが、いくら懇願されようと、麗佳は愛撫をやめたりしない。

むしろいっそう盛ったように、大股開きの美脚を、慎吾の下半身へ絡みつかせた。

「んひぃいうっ！　お、おち×ちんがっ、深いよぉおあぁあっ！　ふああっ！　どぉしよっ、センパイぃいいっ……！　入っちゃいけないところまでっ、おち×ちんが……あっ、つ、突き抜けちゃうぅうううっ!?」

彼女は自分から動いたくせに、悲鳴混じりで裸身をしならせる。

慎吾も律動を後ろから踵《かかと》で押されて、恵里菜のほうへつんのめりかけた。しかもそこから下がろうとすれば、圧迫へ逆らうための力が必要となる。当然、カリ首も上向いて、麗佳の牝襞へグリグリ食い込んだ。

「んあぁふっ！　ぅあっ！　あたしの中ぁっ、ほんとにっ、本当に壊れるぅううっ!?」

「つぐっ、ふぉおっ!?」

粘膜同士を融合させんばかりの肉悦に、麗佳は反った姿勢が戻らない。慎吾は過度の痺れで、目の前に白く星が散っている。

行きすぎた悦楽は、さながら空気でパンパンの風船だった。あとはアクメという一刺しが加われば、大音声《だいおんじょう》と共に破裂する。

だが、慎吾は高まる危機感を押しのけた。

これが初めての、三人で昇り詰める性交だ。であれば、肉欲に溺れたラストスパートこそふさわしい。

「このまま……イこうっ！　いっしょに……っ！」

慎吾は鈴口も子宮口もひしゃげさせ、爆《は》ぜる喜悦を貪《むさぼ》った。

恵里菜の濡れ襞も指戯で満たしてやりながら、さらなる肉悦まで注ぎ込む。しゃぶり返されるくすぐったさに、心の底から酔いしれる。

「イクッ……イッてくれっ、恵里菜さん、麗佳っ……！」

「はいぃいっ！　あたしっ、イッちゃいますぅうっ！　センパイのおチ×ポでっ……ぇえっ！　もっ、もぉ無理ぃいっ！　保《も》たないっ、イクっ、イクぅううっ!?」

「先輩っ、んあああっ、すっ、好きぃいいひっ！　私っ、大好きな先輩の指でぇえっ……今日もっ、イッ、ィッ……イキますぅうあぁああ……っ！」

三人の嬌声は高まって、とうとう全員、金縛りとなった。そこへ押し寄せてくるのは極めつけの法悦だ。熱、疼き、勢いが、彼らを官能の高みへ打ち上げる。

「ぅ、おぉおっ……麗、佳っ……恵里菜さんっ……ぁあおおうっ！」

慎吾は指も怒張も食い締められながら、股間を突き抜けていく己のスペルマに、暴走する性感を嬲られた。

噴き上がった子種は麗佳の膣内を白く染め、生意気な後輩もスレンダーな肢体を打ち震わせる。

恵里菜に至っては、膝立ちで慎吾にすがり、尻は妹のほうへ突き出して、痴女同然の不格好さだ。

「ひぉおあぁあっ！　はひっ、んひぃいっ！　イクッ……あたっ、しっ……イクぅううぁあぁはぁああおぉおぉおほぉおおおおっ!?」

「ぁああっ！　んはぁあああっ！　先輩っ……先輩ぃいいいっ！　つぁあっ、ぅあはぁああやぁぁぁあああーーーっ！」

膣肉の収縮は断末魔めいて、果てている最中の慎吾を締め上げる。二度目の射精まで行き着かせそうになる。

事実、竿の底へ残った精液はビュブブッと打ち上がり、指は自由を失って恵里菜の弱点へ密着しつづけた。

「お、あ、おぉおっ……！」

「ひぃっ、んひぃいんっ、ぉっ、くひぃいっ……！」

「あぁぁっ……私っ……こ、こんなにぃいっ……!?」

もはや誰一人として、まともな思考が叶わない。

だが、慎吾のペニスは極太のままだった。

麗佳と恵里菜も、汗みずくの美脚や両腕を、慎吾へひっかけつづけていた。

ということは——第二ラウンドが始まるのも、時間の問題なのであった。


本日二度目のセックスは、後背位でやることになった。

姉妹は横に並んでカーペットに膝を、柔らかなソファの座面へ両肘を置き、慎吾のいる後方へ首を曲げている。

同じく膝立ちの慎吾からすれば、恵里菜が左側にいて、右に麗佳という位置関係だ。

「慎吾先輩……どうかおち×ちんくださいっ……もう待ちきれないんです……っ」

体力は二人とも回復していない。荒い呼吸で汗だくの肩や背中を上下させ、気を失う寸前にすら見える。なのに尻たぶの浮かせ方は、競うようにはしたない。

「あたしもぉ……ね、センパイっ……次は指でいいから……早くぅ……っ！」

ヒップの大きさに限って言うならば、姉妹でほとんど差はないだろう。どちらの丸みも曲がった脚に引っ張られ、表面がピンと張り詰めている。いっしょに谷間も広がって、菊門すら露《あらわ》となっている。

とはいえ、穴周りから中央へ向かう無数の皺《しわ》は、長さも間隔も図ったように整っていた。色合いだって他より多少くすむ程度だし、部屋に漂うのは甘酸っぱい淫欲の匂い。慎吾は排泄の場所を前にしているなんてとうてい思えず、麗佳が尻叩きへのめり込んだことも、問答無用に納得できてしまう。

ただ、よくよく観察してみれば、恵里菜の臀部のほうがほんの少し柔らかそうだった。そこへ手の跡まで薄く残るから、一段といやらしい。

逆に麗佳は合気道の賜物か、後ろ姿まで健康的に締まっていた。背骨や肩甲骨のラインが、ほどよい具合に映えている。

「うん、ああ……すぐに入れるよ……！」

慎吾が生唾混じりに頷くと、恵里菜は喉を鳴らしながら顔を前へ戻した。

麗佳は姉へ何か言いかけたものの、結局は似た姿勢を取る。

「この格好……先輩の顔が見えなくて……ドキドキします……っ」

「ん……っ、センパイ……あんまり待たせちゃ、ヤですよっ……」

ソファの背もたれを見上げ、彼女らは口々に言う。

これ以上見惚れていたら、本当に二人をじらせてしまう。

慎吾はスペルマまみれで上向くペニスをしっかり握り、竿の角度を低く倒した。

「ふ、ぐっ……！」

さっそくむず痒さが、手の当たる場所と亀頭へ集まる。逆に手の内へは、淫猥なヌルつきがグチャリと広がる。続けて鈴口を陰唇の合間へ押し当てるや、籠《こも》っていた恵里菜の淫熱が、官能神経へ殺到だ。

「くぅうっ！」

前に小説を書きながら想像したとおり、後背位だと膣口の位置を視認しづらかった。

だが、慎吾はこれまでの経験を頼りに、男根を上下へ揺すりだす。

ヌチュッ――！

亀頭はすぐに秘洞の入り口へめり込んだ。

「ん、むっ……恵里菜さんっ……！」

「はふっ……ぁ、ぅうんっ……先輩ぃっ……！」

恵里菜も期待が膨らんだらしく、呼び声をかすれさせる。

とはいえ彼女の膣口は、指で慣らしたあともしっかり縮こまっていた。ちゃんとした角度でやらなければ、きっと亀頭が滑ってしまう。

「行……くぞっ！」

慎吾は間合いを整えて、ここだと思うタイミングで、一気にペニスを突き出した。

すると、却って意気込みすぎたのかもしれない。力は目論見《もくろみ》以上に強くなり、速度も恵里菜が騎乗位で失敗したときと近くなった。

つまるところ、彼は落下じみた勢いで、真っすぐヴァギナを貫通したのだ。

「おっ、うぅうぅっ⁉」

膣口をこじ開けた刹那、牡粘膜は全方位から押さえ付けられた。

その疼きが和らがないうちから、亀頭が膣へ潜り、無数の襞で捏ねくられる。続くカリ首と肉竿も、入り口でギュウギュウ搾られてから、中で熱くしゃぶられた。

「つ、くぐっ……⁉」

痺れすぎた怒張が、異常をきたしそうだ。

この勢いに負けた恵里菜も、ソファへ倒れ込む。弾みで尻が持ち上がり、子宮口と鈴口は相打ちさながらぶつかった。

「おっ、おうっ⁉」

「あ、あっ、んぁあぁうっ！　この入り方……っ……あぁっ、指と全然違いますっ！　先輩がっ……先輩のおち×ちんがっ……奥まで来ましたあぁあっ！」

切羽詰まった見た目と裏腹に、恵里菜の声は幸せそうに響く。となると慎吾には、媚肉の収縮もペニスを離すまいと足がくゆえ——と思えてきた。

さらに睦《むつ》み合いを見せつけられた麗佳が、二人の横で物欲しげに尻を振りはじめる。

「センパイっ、こっちもですよっ……！　リナだけじゃなくて、あたしにもぉっ！」

「わかってるっ……うんっ！」

慎吾は息を荒げて、麗佳の脚と尻の境目へ、右手のひらを張りつかせた。割れ目を指で撫でてやった。

「くっ、うっ……麗佳っ……！」

こちらの秘所もさんざんかき回したはずなのに、すぼまり具合が恵里菜へ負けていない。それどころか、子種の残滓《ざんし》が纏《まと》わりついて、いっそう粘っこくなっている。

「ああっ……セッ、センパイぃいっ……！　好きっ、大好きですぅうっ！」

麗佳のよがり声には、性欲だけでなく、強い信頼感が滲んでいた。

慎吾もこれに励まされる。いくら狭く感じられようと、ここへはすでにペニスを入れているのだ。

そう自分に言い聞かせ、彼は中指と人差し指を束ねた。あえてその両方をいっぺんに、膣の奥までねじ入れた。

ジュブブッ、グプッ！

「はっ、ぁああっ！　指っ、センパイのっ……ゆ、指ぃいひっ！」

刺激は瞬時に全身へ行き渡ったらしく、麗佳の喘ぎは二度目の絶頂が近そうな気配を帯びはじめる。肉穴も、凶悪な太さとなった異物を無心に食い締める。

しかもこの痴態は、ソファへ顎を擦りつけていた恵里菜に、一から十まで見物されていた。

「はっ、やぁあっ……レイってば……ぁんっ、私にあれだけ意地悪しておいてっ……すごくやらしい顔……ぉっ……！」

「う、うっさいよぉっ……！　リナだってっ、あぁんっ、センパイの指でイッちゃったくせっ、にぃいっ！」

またも言い合う姉妹へ割り込みたくて、慎吾は四肢へ力を籠めた。

「やるぞ……二人ともっ！」

吠えたら即座に、左右へ攻撃だ。恵里菜へは出だしの勢いもかくやのピストンを始め、腰を強く引いてから、奥までペニスを突き入れた。

逆に麗佳の中では、揃えた指を曲げ伸ばしして、出して間もないスペルマを丁寧に塗り込んでやる。

とはいえ正反対の手法でも、姉妹の膣穴がすぐに元の窮屈さへ戻ってしまう点は変わらない。

二カ所でいっぺんに蒸された慎吾も、変な汗がブワッと浮いた。

「ふっ、ぐくっ！」

それでも彼は気張って動く。官能の刺激は凶悪なほど、制圧する悦びが膨らむものだ。恵里菜と麗佳の反応だって、至高のカンフル剤となってくれる。

「私っ、き、気持ちいいですぅうっ！　んひゅっ、やはぁああ……っ！　もっ……もぉ頭までっ……ひ、ぃグっ、グチャグチャぁああっ！」

「あたしの中っ、センパイで拡がってるのぉおっ！　いっぱい動いててっ……やぁあんっ！　これじゃヤバい生き物っ、中に入れちゃったみたいですよぉおっ!?」

姉妹は互いを出し抜くゆとりすら失って、ひたむきに慎吾を求める。

「おっ、うっ！」

慎吾も連発される快感が糸口となり、他の動きを思いついた。

膝立ちの今なら、腰の角度を変えやすい。高さだって融通が利く。

だから彼は激しいピストンを一休みだ。代わりに怒張を子宮口まで突き立てて、男根で「の」の字を描きだした。恵里菜が騎乗位でやったグラインドをお手本に、円運動で濡れ襞をかき分ける。これなら性器同士を馴染ませながら、襞をじっくり開拓していける。

逆に麗佳へ対しては、今までと違う激しいやり方を試みた。Vサインを作るみたいに二本の指を大きく広げ、バタ足さながら愛撫を波打たせる。時には手首も回転させて、周囲をとことん掘削《くっさく》してやる。

新たに爆ぜだす悦楽に、恵里菜は裸身をくねらせた。麗佳もソファへ突っ伏して、太腿をプルプル震わせた。

「ぁああっ……んぁぁぁあっ……ひ、広がっちゃいますっ……私の中っ、先輩のおち×ちんでっ……いっぱい擦られてっ……ふぁあんぅうっ！」

「ひ、おっ、おおおっ！　ゆ、指がっ……暴れへっ、あぇぇえっ！　これぇぇえっ！センパイの玩具にされちゃってるみたいぃぃいひっ!?」

ここまで感じてもらえるのなら、どちらも成功と言えるだろう。

調子づいた慎吾は、さらなる方法まで思いついた。

先ほど、恵里菜は薄い尻を麗佳から平手打ちされて、煽情的に身悶えたのだ。

だったら自分が叩いても、気持ちよくできるかもしれない――！

「恵里菜さんっ……！　俺も恵里菜さんの尻っ、叩いてみていいかっ!?」

のぼせた彼の行動力は、ふだんよりずっとストレートだった。

問われた恵里菜は声を弾ませて、なぜか麗佳まで動揺する。

「はっ、ひっ!?」

「セ、センパイぃっ!?」

「って、どうして麗佳まで驚くんだよっ!?」

「だってっ……！　リナだけしてもらうことが増えるなんて……ズルいですよぉっ！」

彼女は女体を揺らして不服を示す。だが継続される指戯によって、あっという間に腰砕けた。

「ひ、あぁんっ！　あっ、やっ、熱いぃいいっ!?」

「麗佳は……っ、指だけでそんなに感じてるじゃないかっ！」

「だって、だってぇえっ……センパイの意地悪ぅうっ！」

「なら、指でもっとするよっ！　俺っ……麗佳にもいっぱい感じてほしいからっ！」

飢えた後輩の満足を引き出すために、慎吾は愛撫のバリエーションを増やしていった。届く限りの襞を押しのけて、反応が大きくなったポイントは重点的に撫でてやる。

やがて臍寄りが弱いとわかってきたから、そこを徹底的に圧迫――すると見せかけて、別の敏感な場所も弄る。

「ひぉおおっ！　あやっ、センパ……んくっ、ぉ、ほぅうっ⁉」

獰猛《どうもう》かつ執拗なやり口に、麗佳は可愛い文句を言えなくなった。さながら発情期を迎えた一匹の牝と化して、四つん這いの肢体を妖しくうねらせる。

このやり取りで触発されてか、恵里菜も不意に腰を揺する。濡れ襞で牡粘膜を磨き立て、恋しい男子の注意を引っ張り寄せる。

「お、うっ！　恵里菜さんっ⁉」

「んひっ……くひぁああっ⁉」

動いた恵里菜自身、感電したような嘶《いなな》きだ。しかし、彼女はそこから大きな声でねだりだす。

「せ、先輩っ！　どうぞっ……お尻を叩いてくださいっ！　先輩がしてくれることなら、私っ……きっと気持ちよくなれると思いますぅうっ！」

「お……おうっ、うんっ！」

慎吾も慌てて気合を入れ直し、広げた左手を振り上げた。次いで、美尻めがけて打ち下ろす。

パチーン！

力加減は抑えたものの、音は存外大きくて、リビングの隅々まで響き渡った。

媚肉もあっという間に竦み、突き立つ男根を隅々まで搾る。そこへ麗佳が打ち据えたときのような、尻肉越しの振動まで伝わってきた。

「うっ、くぐぅうっ！」

「ひうっ、うぅうん！」

叩いた慎吾のほうが、よほど震えてしまったかもしれない。

逆に恵里菜は痛みを堪えるようなわななきのあと、後ろへ首をグッと曲げた。

「続けてください……っ……！　私っ……先輩にいじめられると、あぁんっ……！　やっぱり感じてしまうっ、みたいですぅうっ……！」

思った以上に乗り気となっている。

だったら——こうだ！

慎吾は本格的に左手を使いだした。

パチーン！　パチーン！　パチーンッ！

彼が腕を振るうたび、煽情的な音は連発される。恵里菜もマゾヒスティックにむせび泣き、再び前のほうを向く。ペニスに対する媚肉の咀嚼《そしゃく》も、格段に強まった。

「あひっ！　ひぃいいっ！　んぁあああっ！　私っ、私ぃいっ……先輩に叩かれてぇっ……ぇえっ！　すっ、すごくっ……！　気持ちよくなっちゃってますぅううっ！」

「ああっ！　ああっ！　恵里菜さんっ……！　ぅくぅうんっ！」

慎吾は手のひらへ伝わる痺れによって、激しく心を乱された。少しだけ痛く、ひたすら倒錯的で、蟠る後ろめたささすら性欲へ変える、この感触！

「悪い、恵里菜さんっ！　俺っ……なんかこういうのにハマりそうだっ、お、ぉおっ!?」

「いいんですっ、あぁあっ！　私もっ、もっとほしいですからぁあっ！　ぶってください……！　私にいっぱいっ、お仕置きしてくださぃいっ！」

「ああっ！　だったら……こっちもだっ！」

慎吾は腰遣いを、円運動から律動へ切り替えた。

もはや了解を求める時間すら惜しい。彼はスパンキングの昂りを踏み台に、ペニスを抜いて、突き立てる。

ジュポッ！　ズボッズブッ！　グプボッ！

水音は泥濘《ぬかるみ》を踏み荒らすように粘っこく、かき出された汁気はカーペットへボタボタ垂れていった。後で洗濯の必要が出てきたかもしれないが、今はそれよりピストンだ。タガの外れた勢いで、牡肉を何度も窮屈な場所へ押し入れる。

恵里菜もさらなる刺激を欲《ほっ》して、美尻を自ら振りたくった。

「ぃひはぁああっ！　また先輩のおち×ちんがっ……っ、ぅうっ！　突っ込んでっ、うぇぁあはっ！　やっ、やぁああっ！　私もっ……止められないですぅううっ!?」

これは明らかに、アクメへ向けてスタートを切っている。

隣の麗佳も膣内をやられっぱなしで、立て続けに裸身を反り返らせていた。かと思えば大きすぎる愉悦へ耐えるように、背すじを丸めてわななきもする。

「センパイっ……ぁああっ！　いっぱいっ、たくさんっ、かき回してくださいぃっ！　お尻ぶってもらえないんだからっ！　せめて指でっ、イクまで感じさせてぇえええっ!?」

彼女も姉と同じで、オルガスムスが近い。

一方、怒張と指を振り回されつづけた慎吾だって、快感が受け止められる量をオーバーし、脳までチリチリ焦げるようだ。

これだけ乱れて絶頂を迎えたら、きっと全員、すごいことになる。

そう思うと、彼は気遣いより情欲が勝り、ラストスパートをかけるためにスパンキングを終わらせた。左手のひらを恵里菜の尻へあてがい直して、律動の体勢を安定させる。

だが、赤らんだ丸みを鷲掴みしたせいで、疼痛が恵里菜の肌へ練り込まれたらしい。

「ひぉおおっ……！　あっ、おっ、ぅやはぁあああっ!?」

恵里菜は遠吠えさながら背を反らし、ソファに両手の爪を立てた。さらに己の本能を解放するように、汗びっしょりの腰を揺さぶった。

「私っ、イキますぅううっ！　イッちゃいますぅ……っ！　お尻ぶたれてっ、おち×ちんで苛められてぇえっ、気持ちよくなる変態にっ……なっちゃいましたぁあっ！」

「イッてくれっ、恵里菜さんもっ、麗佳もっ！　俺もっ……イクからっ！」

慎吾は迫る媚肉を押しのけて、子宮口をノックした。下がる動きで、濡れ襞に火照るカリ首を擦りつけた。

さらに麗佳へ対しては、捻じ曲げた指を全方位へめり込ませ、ここ一番のバイブレーションだ。

「ひあぃいっ！　イキます……！　先輩のおち×ちんでっ、やらしい場所をいっぱい擦られてぇええっ……私っ、もうイクしかっ、ないんですぅうっ！　出してくださいっ！　先輩も私の中でっ……ぁああっ！　んはぁあああうっ！」

「あたしもイクッ、イクのぉおっ！　センパイがいろいろ動くからぁああっ、あたしの中っ……き、気持ちいいのでぇっ、いっぱいぃいいひっ！　もお入らないのにっ、どんどん来ちゃってるぅううっ！」

姉妹の嬌声はリビング内で捩れ、牡粘膜と牝粘膜、二本の指と無数の濡れ襞も、汁気を湛《たた》えてぶつかり合う。

やがて恵里菜は舌の呂律《ろれつ》が回らなくなって、後ろからでもわかるほど、涎で濡れた唇を大きく開いた。

「おぉ、ぉ、おぉおっ……！　いひゅああはっ！　わたっ……ひぃいいっ、おかひくっ……ぅうひぅううっ！　ぉ、おあっ、ぉほぉおぉおあはぁぁあーーーーーっ!?」

膣肉も極限まで収縮し、間違えようのない昇天だ。

さらに姉のあとを追って、麗佳が絶頂の渦へ身を投げ出す。彼女はうつ伏せの背中で逆アーチを描き、膣と肉尻はいっそう竦ませて、二本の指を隙間なくグイグイ搾り上げた。

「ふぁあああっ！　セっ、センパイぃいいっ！　もぉあたしぃいいっ……イッ、イクぅううぅぁああはぁあぁあっやぁあああっ！」

「お、おぉおっ！　お、俺も……俺、もっ……ぉおっ!?」

もう慎吾は亀頭をバックさせられない。指の角度を変えることすら不可能だ。何せ牡粘膜はおろか、指への摩擦があと少し強まるだけで、射精の引き金となってしまう。

だが必死に踏ん張ったところで、結果はいっしょだった。むしろ長く粘った分、なす術《すべ》がない崖っぷちの疼きを、とことん感じさせられる。最後は開ききった尿道を、大量のザーメンに蹂躙《じゅうりん》される。

「お、で、出るぅうぅぁあああっ!?」

ビュクンッ、ドクン、ビュルンッ！　ドクドクドプッ！

噴き上がった精子は恵里菜の肉壺を占領し、子宮口をほじくられた恵里菜のほうも、延々とアクメの高みから降りられない。

麗佳だって、射精の拍子に慎吾の指が跳ねたから、絶頂の途中でまた絶頂だ。

「はおぉおおほっ……んくっ、ひぃいいんっ！　先輩ぃっ……き、気持ちいいのがっ……まだぁ続いちゃいますぅうううぅっ!?」

「ひおぁあああはっ！　つぁあぁあう……っ！　あ、あたしっ、おぉおぉおっ、おマ×コがっ、あっ、熱いぃいいひぃいいひぃいいいっ!?」

これでは誰一人、脱力できない。むしろ、各々刺激しあって、もっとすごい官能の扉まで開きかけている。

「ぁぁあっ……」

「ふ、ぅぉお……っ」

「くひぁああっ……！」

若い慎吾たちにとって、三人で繰り広げるセックスは、底なし沼同然の深みを持つのであった。

結局、乱交は休みを挟みつつ、体位を変え、身体の上下を変えて、夜まで続けられた。

事後のリビングは惨憺《さんたん》たる有様となり、慎吾はひとまずシャワーを浴びてから、先に汗を洗い流した麗佳と共に、カーペットの手入れを引き受けた。

その間に、恵里菜も夕食の支度をしていた。

やがて夜の八時近くなった頃、ようやくそれぞれの作業が終わり、全員で食卓を囲むことができた。

今夜のメニューはシンプルに、テーブル中央で山盛りになったざる蕎麦と、有り合わせの薬味が数種類。

「先輩、すみませんでした。洗い物を任せてしまって……」

そう言って謝る恵里菜は、淡い水色のパジャマ姿へ着替えている。表情はいかにも気だるげで、それがシャワー後の濡れた髪と合わさり、ふだんと別人みたいに色っぽい。

「いやいや、汚れる原因は俺にもあったんだし」

慎吾は答えつつ、箸で取った蕎麦を麺つゆへ浸した。

実のところ、彼も今ひっくり返ったら、そのまま爆睡しそうなほど疲れている。ひとまず借りたパジャマは姉妹の父親の服で、それがどうにも肌になじまない。やることをやった後だけに、本来の持ち主に対する申し訳なさもひとしおだ。

「ところでセンパイ」

すり下ろした山芋を麺つゆに混ぜながら、麗佳が悪戯っぽく話しかけてきた。

彼女もまだ、数度のオルガスムスが尾を引いているらしいが、姉よりは体力を取り戻せていそうに見える。

「もしもですよ？　センパイが言うみたいに、あたしたちが官能小説の登場人物だとしたら……三人でしちゃう場面なんて、一番の山場ですよね。あとはもうエピローグだけだったりしません？」

「そのネタをここで持ち出すか……」

昼の失言を蒸し返されて、慎吾はオーバーに顔をしかめてみせた。とはいえ、すぐに回答を思いつく。

「まあ、小説としての残りが八ページ程度でも、別に問題ないいんじゃないか？」

「と言いますと？」

「本ってのは最後のページを閉じられてからも、いろんなかたちで続くと思うんだ。たとえば読み手はキャラクターの行く先を思い描く。時には公式で続編が出たりする。俺も子供の頃、マッチ売りの少女が天国でハッピーになる話とか空想したもんだよ」

「ふふっ……先輩の考え方、私も好きです」

恵里菜が楽しげな目つきになった。

「私たち、まだデートすらしていませんものね。エピローグ後の楽しみだって、たくさんあります。たとえば……次の日曜日に、二人で遊びに行くのはどうでしょう？」

「ちょっ、ちょいちょいちょーいっ。さりげなくあたしを外そうとしてない？」

麗佳が行儀悪く箸を浮かせた。

「だってレイ的には、一番の山場が済んじゃったんでしょ？」

「あれは言葉の綾だからっ」

言い合う彼女たちからは、直前までの色っぽさが薄れてきた。

「頼むから喧嘩しないでくれよ……。三人で行くには、どこがいいだろうな？」

慎吾は苦笑交じりに仲裁したつもりだ。しかし姉妹の意見は、即座に分かれてしまう。

「美術館にしましょう。今、印象派展をやっているところがあるんですっ」

「断っ然！　初デートは遊園地だよねっ！」

そのまま、目的地を決める三回勝負のじゃんけんが始まった。

白熱する彼女らの姿に、慎吾はぼんやり思案する。

あるいはもしかしたら。この世界は本当に、誰かの執筆を起点としているのかもしれない。

しかし麗佳へ言ったとおり、物語は作者の手を離れたあとにこそ、自由な広がりを見せる。

未来へ続く今の幸せを、じっくり嚙みしめる彼だった。

エピローグ

　終業式から帰る途中の桜並木の下で、怜歌は足を止めることなく、綺麗な包装紙付きの小箱を差し出してきた。

「センパイっ、ちょっと気が早いけど、進級祝いですよっ！　はい、どーぞ！」

「お、おう……ありがとな」

　俺も彼女と並んで歩きながら、それを受け取る。だけど嬉しい反面、焦りもした。

　進級というなら怜歌だって同じだ。しかしこんなタイミングでプレゼントをもらえるなんて思っていなかったから、俺は何も用意していない。

　そんな内心を読み取ったのだろう。怜歌は気安く手を振った。

「いいんですよ、お返しなんて。あたしはただ、センパイへマーキングしときたかったんです」

「マーキング？」

「センパイは三年生になるじゃないですか。となると受験勉強とかあって、あたしも今までみたいにセンパイを玩具にできないかもでしょ？　その箱は今年もできるだけいっしょにいたいっていう、あたしの意思表示なんです」

「そうか……」

一部気になる表現はあったが、殊勝なことを言ってくれる。だったらなおさら、お返ししないとだよな。

「ちなみに中身は革製の首輪です。センパイにぴったり！」

「おいこら！」

「あはははっ！」

怜歌は立ち止まって、おおげさなくらい明るく笑った。それで俺にもわかってしまう。こいつの生意気な振る舞いは、たいていが不安の裏返しなのだ。

だから俺は彼女へ向き直り、歩道のど真ん中にもかかわらずグイッと抱き寄せた。

「せ、センパイッ……こんなところでですかっ⁉」

相変わらず強気に出られるとボロが出やすいヤツだ。夜は乱れまくるクセにさ。

その赤らんだ耳元へ俺は熱く囁《ささや》いてやる。

「俺はお前とこの先、ずっとずっといっしょにいるつもりだよ。大学に入ってからも、就職してからも、爺さん婆さんになってからも、さ」

かしこまった言い方となってしまった俺の背に、怜歌も手を回り込ませてきた。

「はいっ。そういうことなら、こちらこそ末永くよろしくお願いします……！」

やっぱりこいつはすげぇ可愛い。いくら受験が忙しくたって寂しい思いはさせられないよ。

俺は決意と共に腕の力を強くした。

大好きだ、怜歌。百万年先まで愛してるぞっ！

＊　＊　＊

「……センパイ、この間のネット小説の更新、なんか第一部完！　みたいになってませんでした？　雑な打ち切りはダメって言ったのにぃ」

とある晩秋の土曜日、全裸で寝そべっていた慎吾は、身を寄せてきた麗佳からそんなふうに指摘された。

この夜も三人揃って、激しく乱れている。触れ合う肌は未《いま》だ官能の熱を残し、汗で薄っすら濡れていた。

ちなみに最近だと、やる場所は水本家のリビングが多い。私室にある個人用のベッドでは、全員で求め合うのに狭すぎるのだ。

だから休憩は毎回、雑魚寝さながら、だらしなくなる。

同じく横たわっていた恵里菜も、妹と反対側から、慎吾に薄い胸を擦りつけてきた。

「私もレイと同じ印象を受けました。やっぱり再来年の受験で、時間が厳しいんでしょうか……？」

「いや、アップの頻度は減るかもだけど、ちゃんと書きつづけるよ。ただ……」

慎吾は照れくささを抱きつつ、クリーム色の天井を見上げた。

「勉強が忙しくなる前に、腕試しをしたくなったんだ」

「腕試し？」

「ですか？」

「……これだよ」

彼は放り出していたスマホを引き寄せて、気になる出版社のホームページを開いた。

そこには「新人作品大募集」のリンクが載っている。

「ネット小説とか新人賞だと、どうしても他の作品に埋もれがちだろ？　一度、プロの人に見定めてもらいたくてさ」

先日買った同レーベルの文庫の奥付にも、「四〇〇字詰原稿用紙換算で三〇〇枚以上四〇〇枚以内」と応募要項が載っていた。

これだけのボリュームを一本に纏《まと》められれば、たとえ採用されなくとも、将来の自信に繋《つな》がる。大学へ進んだあと、幅広く創作を続けていける。

「……わかりました。でしたら私、先輩を応援しますっ」

恵里菜は慎吾の肩に腕を巻きつけながら、耳たぶに甘噛みしてきた。

麗佳に至ってはクスクス笑って、大きいままのペニスを握る。

「商業作品を目指すなら、ネタもどんどん増やさなきゃですよね？」

彼女は身を起こし、可愛い顔を亀頭へ近づけた。それに遅れまいと、恵里菜もよろけながら似た姿勢だ。

「もうっ！　レイってば、また自分だけ……っ！」

本日だけで、すでに全員が二回以上果てている。明日は学校も休みだし、このままマンションで眠らせてもらおうかと、慎吾は考えていたのだ。

しかし新たに、張り合うダブルフェラが始まった。

「あむっ、んっ、ふちゅっ！　ぁあん、センパイの味っ……精液が残ってて、ちょっと苦いかもぉ！」

「はぁふっ、あ、ンっ……れろっ、れろろっ……私の舌の使い方も、文章の参考にしてください……っ」

正直、こんな大胆なことをされては、アイデアを練るどころではない。

それでも彼は快感に耐えて、二人の頭を撫でてやった。

「ああ、うんっ……二人とも、ありがとな……っ！」

とたんに姉妹がヒートアップする。持ち上がった剝き出しの尻はいやらしく振られ、舌も左右から鈴口を狙い打ちだ。

ここから数分後、スペルマは派手に飛び出て、向き合う美貌を汚すこととなるだろう。

続きを欲して恵里菜と麗佳が喉を鳴らす光景までも、慎吾は色鮮やかに思い描けた。

彼らが紡ぐ甘い関係は——。

まだまだ、まだまだ、これからなのである。

◉新人作品**大募集**◉

マドンナメイト編集部では、意欲あふれる新人作品を常時募集しております。採用された作品は、本人通知のうえ当文庫より出版されることになります。

【応募要項】 未発表作品に限る。四〇〇字詰原稿用紙換算で三〇〇枚以上四〇〇枚以内。必ず梗概をお書き添えのうえ、名前・住所・電話番号を明記してお送り下さい。なお、採否にかかわらず原稿は返却いたしません。また、電話でのお問い合せはご遠慮下さい。

【送付先】 〒一〇一‐八四〇五 東京都千代田区神田三崎町二‐一八‐一一 マドンナ社編集部 新人作品募集係

童貞の僕を挑発する後輩の清純姉と小悪魔妹《どうていのぼくをちょうはつするこうはいのせいじゅんあねとこあくまいもうと》

二〇二三年 六 月 十 日 初版発行

発行◉マドンナ社
発売◉二見書房
東京都千代田区神田三崎町二‐一八‐一一
電話 〇三‐三五一五‐二三一一(代表)
郵便振替 〇〇一七〇‐四‐二六三九

著者◉伊吹泰郎【いぶき・やすろう】

印刷◉株式会社堀内印刷所 製本◉株式会社村上製本所 落丁・乱丁本はお取替えいたします。定価は、カバーに表示してあります。

ISBN978-4-576-23058-0 ◉ Printed in Japan ◉ ©Y.Ibuki 2023